GW01367836

Sortie de Match Denis Rouvre

En couverture : Jean Bouilhou, 3e ligne, Stade Toulousain Rugby.

Conception et réalisation graphique : Christian Kirk-Jensen / Danish Pastry Design

Connectez-vous sur : www.lamartiniere.fr

© 2006 **Éditions de La Martinière,** une marque de La Martinière Groupe, Paris (France).

Sortie de Match

Denis Rouvre

Ligue Nationale de Rugby | Éditions de La Martinière

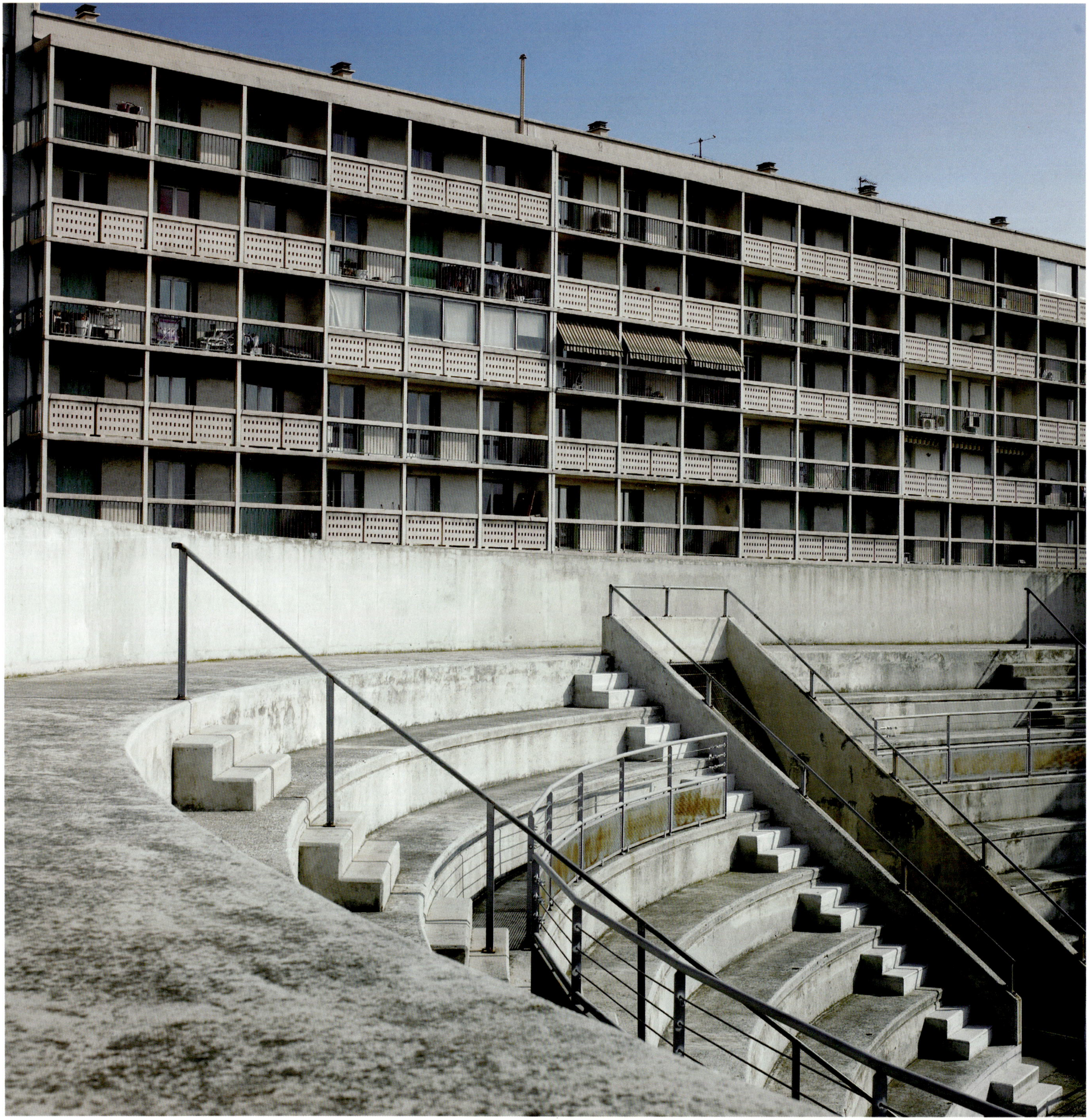

Je me souviens...
Serge Blanco

Les sorties de match sont des moments particuliers. Au-delà de la défaite ou de la victoire c'est avant tout la fin d'une aventure. Au rugby j'ai aimé tous les moments précédant une rencontre : les préparations avec les entraînements, les « regroupements », les transferts en avion, en car et – enfant – dans la voiture du père d'un ami. Puis ce qui vient après, lorsque le vestiaire est vide, qu'on y pénètre et qu'il sent le propre, le net, le vierge. Certaines fois j'ai pu admirer le bois de tel casier ou apprécier la chaleur d'un chauffage lorsque dehors il fait froid.

Dans tout acteur il y a un double. Celui vous serrant la main à la sortie, posant auprès du petit dernier, refaisant le match avec les supporters, et celui sur le terrain. J'en ai vu passer d'agneau à loup et d'autres d'exubérants à introvertis. Ça vous change un homme de revêtir une cuirasse. Fût-elle juste un morceau de coton coloré avec un blason au cœur.

Et puis il y a le retour vers la douche. Lorsque les jambes sont lourdes, les chaussettes basses, le regard las et surtout les traits tirés, voire striés. « Il met la tête où d'autres ne mettraient pas les mains », ai-je souvent entendu dire d'un joueur n'hésitant pas à se donner à fond. Il m'est arrivé de sortir d'un match avec l'arcade, la lèvre ou le nez sanguinolent. La seule peur alors est que notre propre mère ne nous reconnaisse pas... mais la grande victoire est d'avoir montré qu'on avait su mouiller le maillot, donner le meilleur de soi pour sortir fier sans jamais être hautain.

Un rugbyman ne donne pas de coups de menton ni ne hausse les sourcils. Le terrain apprend à rester humble, à sa place. Meurtri, blessé, marqué, le visage d'un rugbyman est finalement le miroir du match qui vient de se dérouler sous les yeux de spectateurs qui, eux aussi, portent leurs combats dans leurs rides.

Ils auraient aimé aller s'asseoir, se reposer de tant d'efforts, évacuer leur tristesse ou leur joie, et pourtant les joueurs ont reçu l'autorisation de leur entraîneur ou de leur président, de se livrer à un autre objectif. Denis Rouvre a pris quelques millièmes de secondes de leur temps, mais a réussi à attraper tant de leurs expressions. De nos expressions. De mes expressions...

En équipe de France ou sous le maillot de Biarritz, j'ai été comme eux : marqué à vie par le rugby. Dans mon sang et dans ma chair. Et lorsque je vois ces clichés, je me souviens...

Que d'la gueule !
Philippe Guillard

On pourrait dire d'entrée, et sans aucune vulgarité, que c'est un livre qui a de la gueule. Rien que d'la gueule. Des pages entières de gueules qu'on prend en pleine poire. Et de face en plus. Pas un profil bas, que du fier. De la gueule de Maori, de British, de Sudaf, de Néozed, et de Fidjien. De la gueule de Roumain, de Géorgien, de Canadien, d'Argentin, et de Rital aussi. De la gueule d'Africain, du Nord comme du Centre. Et même de la gueule de Gaulois. Une grande salade de gueules, universelles, multiraces, multitailles, dans laquelle toutes les couleurs de peau, toutes les cultures et toutes les religions composent ensemble le même fond de sauce. En un mot, le rugby, quoi. L'un des seuls endroits de la terre où le mot intégration n'a nul besoin d'être prononcé.

Rien que des prises de têtes. De tronches, comme on dit chez nous. Ou de cabines. Attention, pas des prises de têtes prises au pif, non. Prises au front, c'est plus fort. À l'instant T, à la fin du match. Juste après le combat, généreux, valeureux et loyal. L'instant magique où personne ne ramène sa fraise. Les lignes du visage ne prédisent de rien, mais ne mentent jamais. Tout est limpide. On y voit la souffrance, les traces de lutte, les joies, les peines, les doutes et les assurances. On y découvre tout ce qu'on n'a pu voir pendant. Les regards sont fixes, ils ne se dérobent pas, ils sont francs. Ils ne cherchent aucune excuse, ils se livrent. Et c'est somptueux de vérité. En phase avec sa face. Même pas mal !

Bravo, parce que des photos sans aucun cliché, c'est mieux que des clichés sans aucune photo.

Mon Dieu, si tu avais pu imaginer une terre ovale…

Sortie de Match
Denis Rouvre

Instinctivement, j'ai toujours aimé le rugby. Sans jamais vraiment m'en approcher. Ni amateur ni supporter. Au fond de moi pourtant, j'ai toujours été fasciné par la force brute que dégagent ces hommes. Par leur beauté déconcertante, aux antipodes des canons habituels. De cette attirance est née, en 2004, un premier projet photographique, réalisé pour *L'Équipe Magazine*, que j'ai appelé « Broken faces ». Une série de portraits très serrés des Avants du XV de France. J'en souhaitais plus. Il me fallait un sésame. J'ai alors montré mes photos à la Ligue Nationale de Rugby. Leur enthousiasme m'a donné des ailes. Leur soutien m'était indispensable. Ils me l'ont offert sans compter. Au printemps 2006, les présidents des quatorze clubs du championnat de France m'ont ouvert les vestiaires de leurs équipes. J'ai attendu, dans les entrailles des stades, la fin des rencontres pour tirer le portrait des joueurs en « sortie de match ». Pendant ces quelques minutes où, hors du terrain, ils sont encore dans l'élan du jeu. Haletants, suants, abîmés, ils portent alors sur leur visage et leur corps les traces vives de ces quatre-vingts minutes de lutte acharnée. J'ai voulu voir sur eux les marques de l'affrontement : les coups et les intempéries, la rage et l'épuisement. J'ai cherché à attraper cet instant, avant que ne disparaissent les stigmates de l'oubli absolu d'eux-mêmes. Au moment où ces hommes ne sont plus des bulldozers et pas encore des dieux du stade. Ils reviennent de l'effort surhumain. Ils redescendent sur terre où l'esthétique n'est plus celle du combat.

En les photographiant tous de la même manière, sans oripeaux, sans artifice, sans décor, j'ai traqué la beauté brutale de leurs gueules meurtries. Mon expérience du portrait m'a appris à faire du temps mon allié. Il me permet habituellement de peaufiner les lumières, d'améliorer la mise en scène, de bousculer le modèle, d'exciter sa curiosité. Cette fois, j'ai joué contre le temps. Plus il passait, plus ce que je cherchais disparaissait. Un jour, un joueur, blessé, est arrivé, seul, dans le vestiaire. J'ai voulu le photographier. « Qu'est-ce que tu m'emmerdes ? Je vois des étoiles, là ! », m'a-t-il lancé, au bord de l'évanouissement. Ce sont ces étoiles que j'ai voulu saisir.

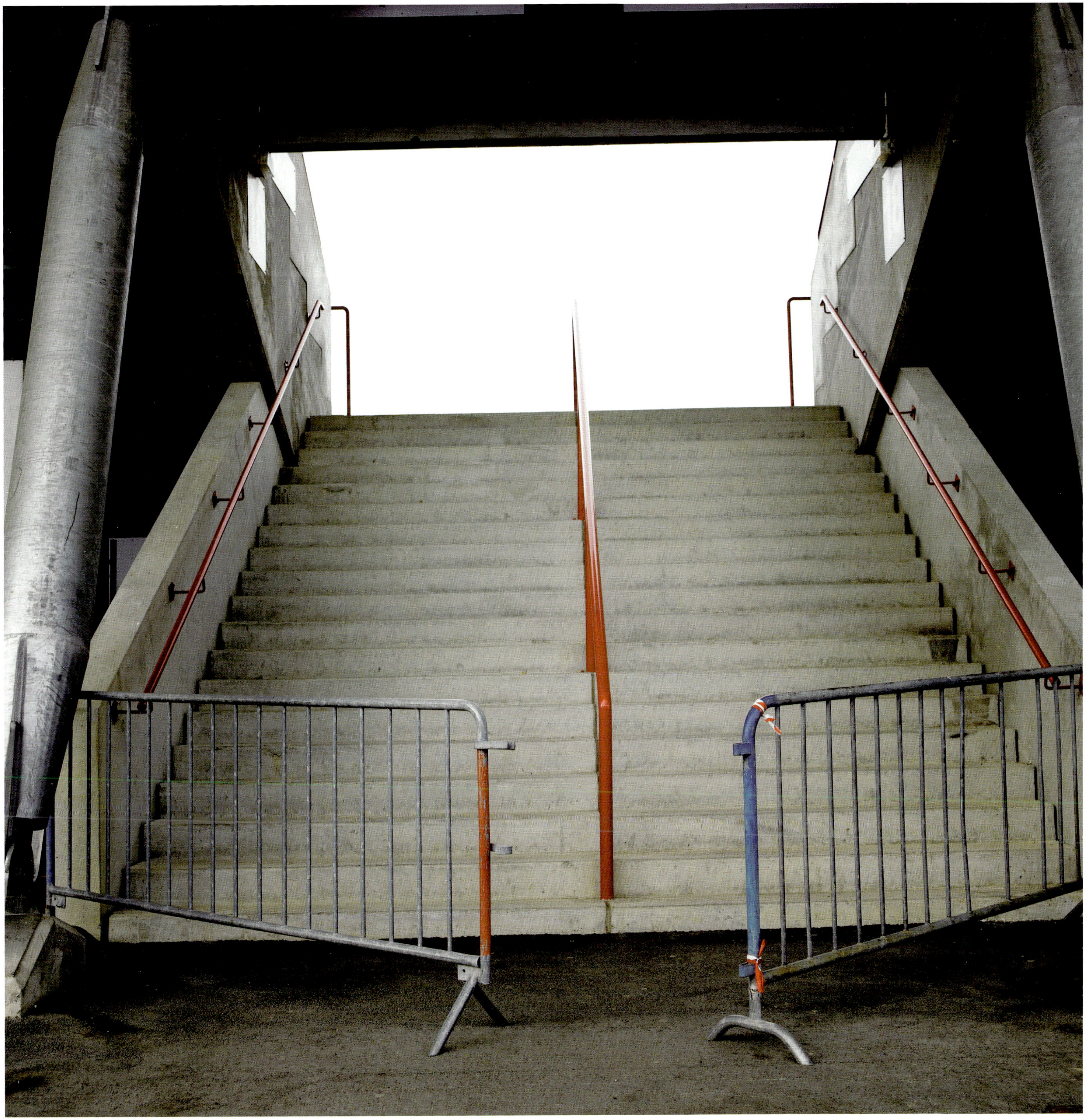

Sortie de Match

Sporting Union Agen Lot-et-Garonne. Opeti Fonua, 3e ligne. (Agen / Clermont 40 - 3)

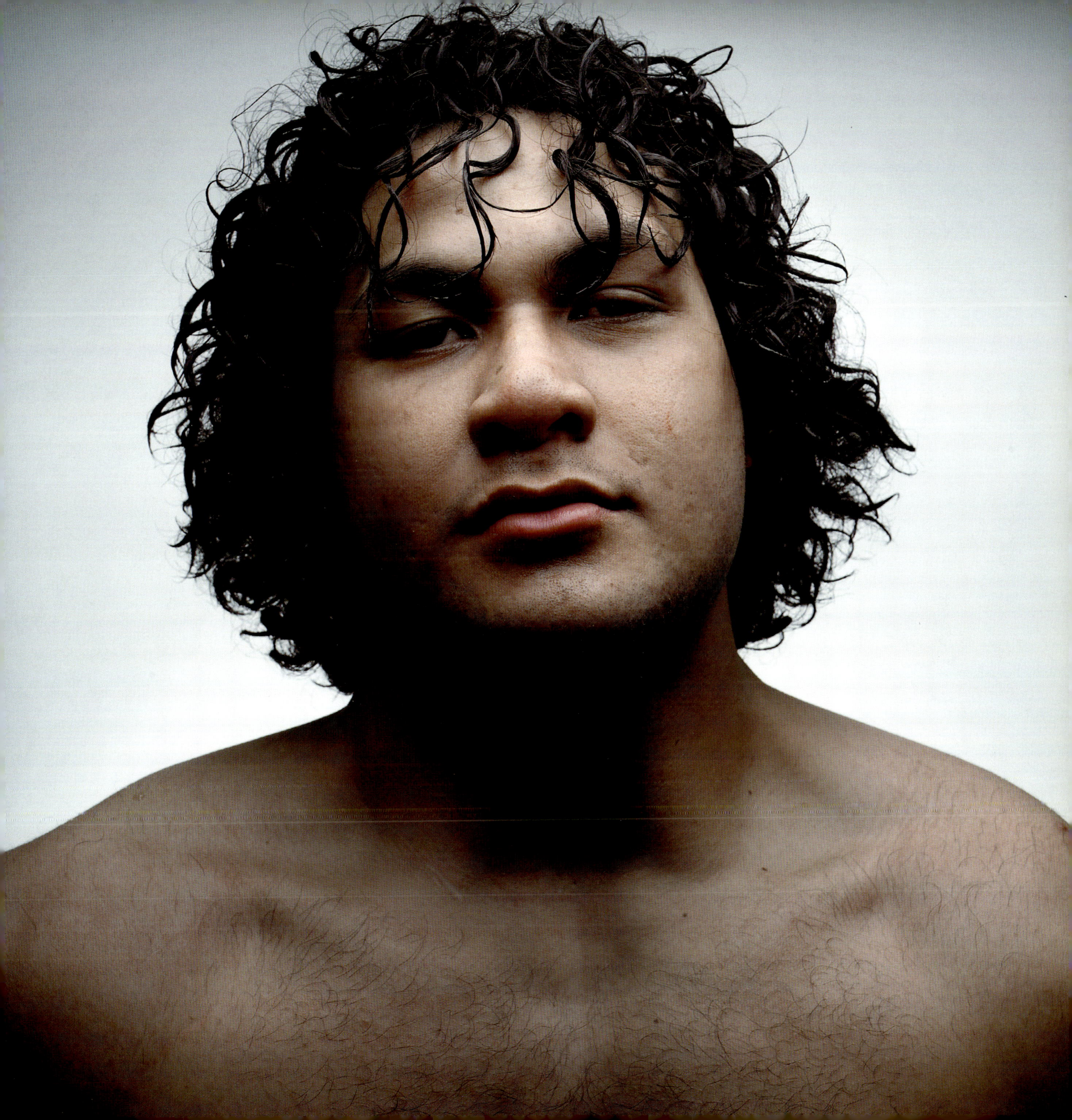

Cezar Popescu, Pilier

Jean-Jacques Crenca, Pilier

Jalil Narjissi, Talonneur

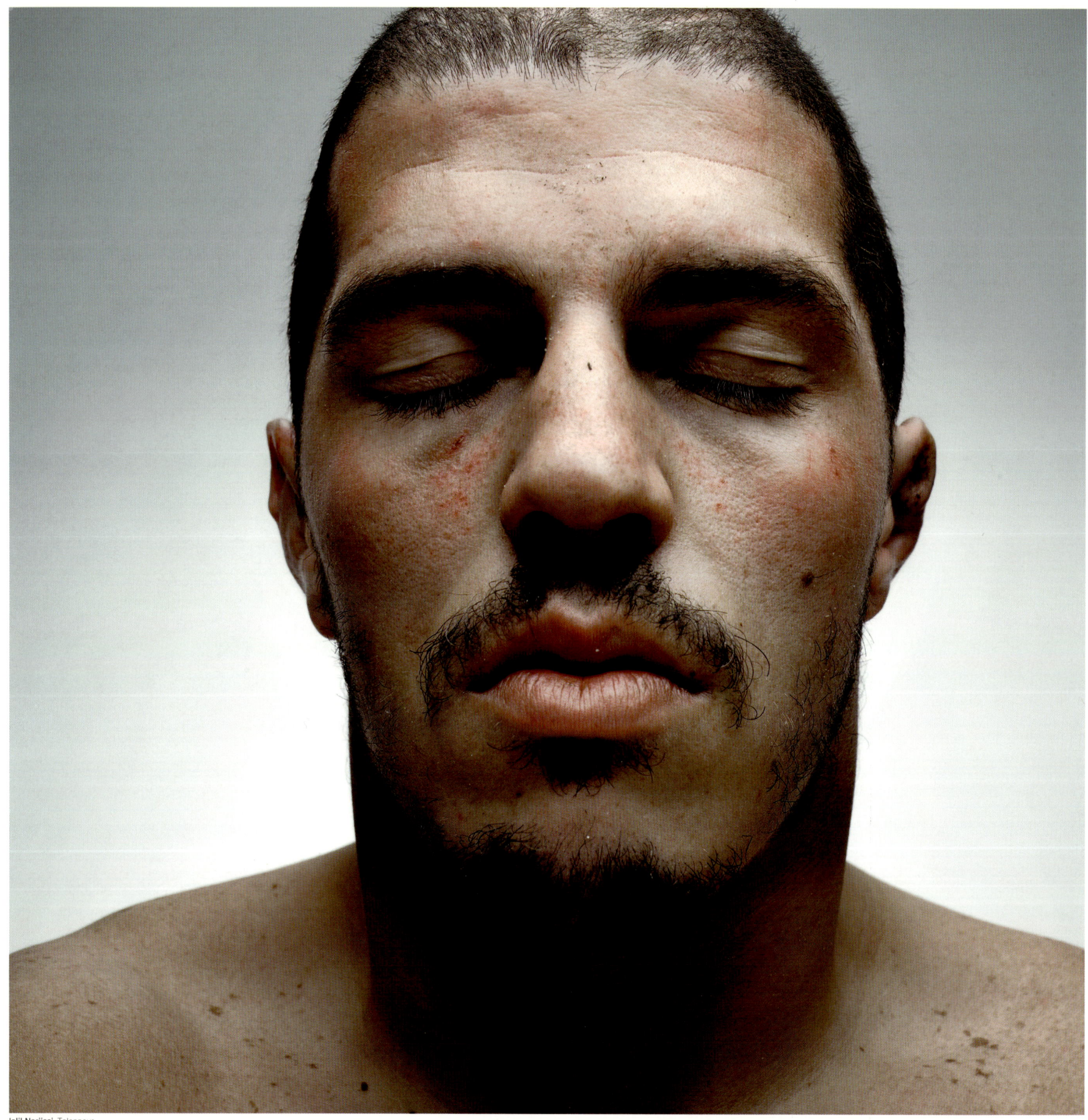

Pepito Elhorga, Arrière

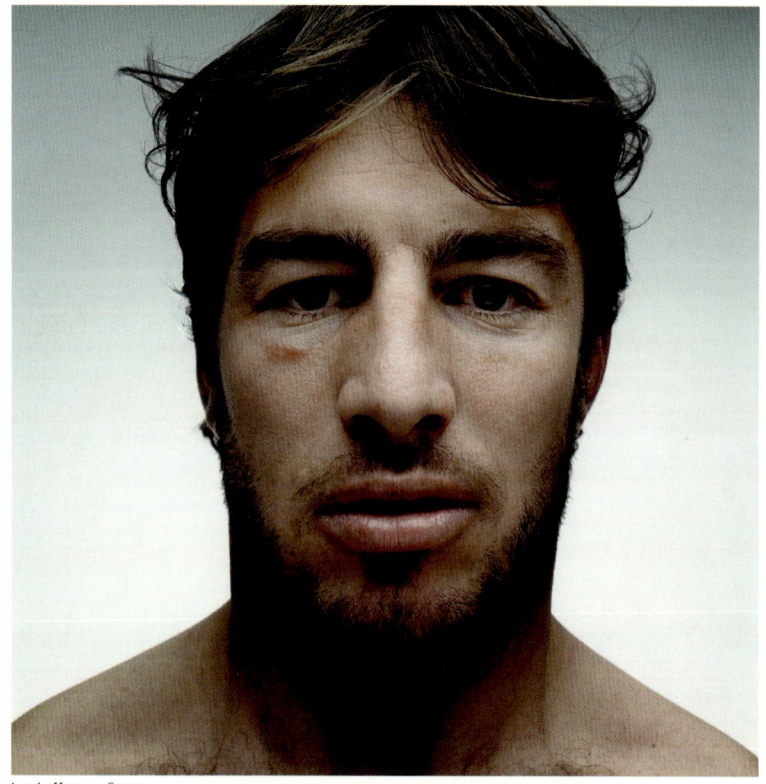

Luc Lafforgue, Centre

François Gelez, Ouvreur

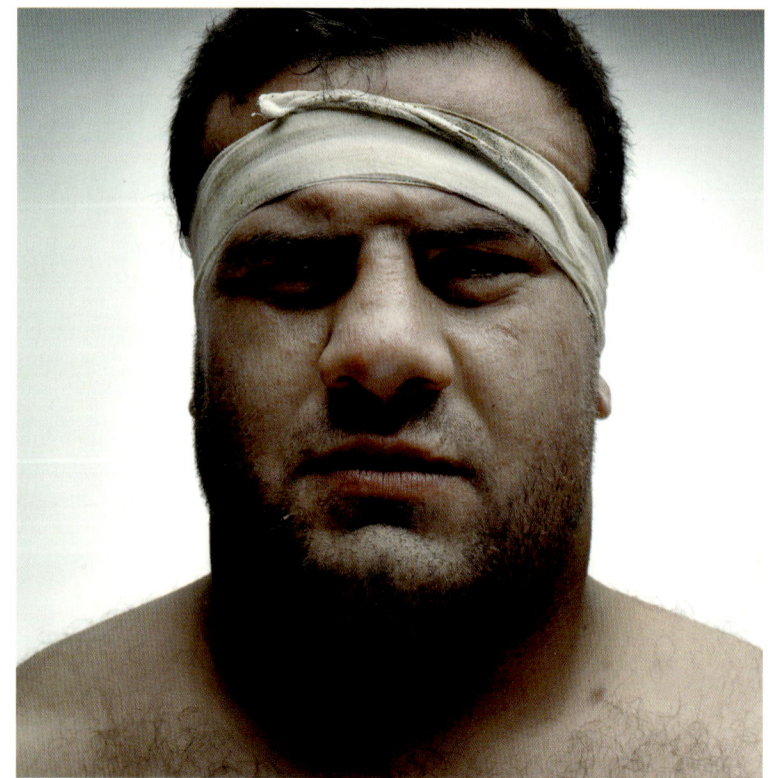

Alessio Galasso, Pilier

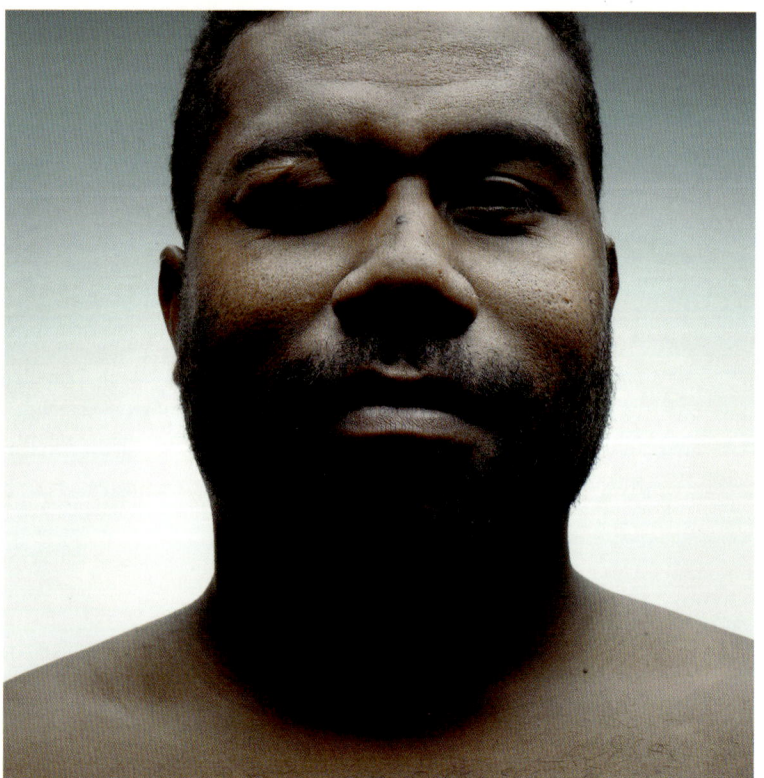

Rupeni Caucaunibuca, Ailier

Kirill Koulemine, 2ᵉ ligne

Matthieu Lièvremont, 3e ligne

Aviron Bayonnais Rugby Pro. Edouard Coetzee, Pilier. (Bayonne / Brive 17 - 11)

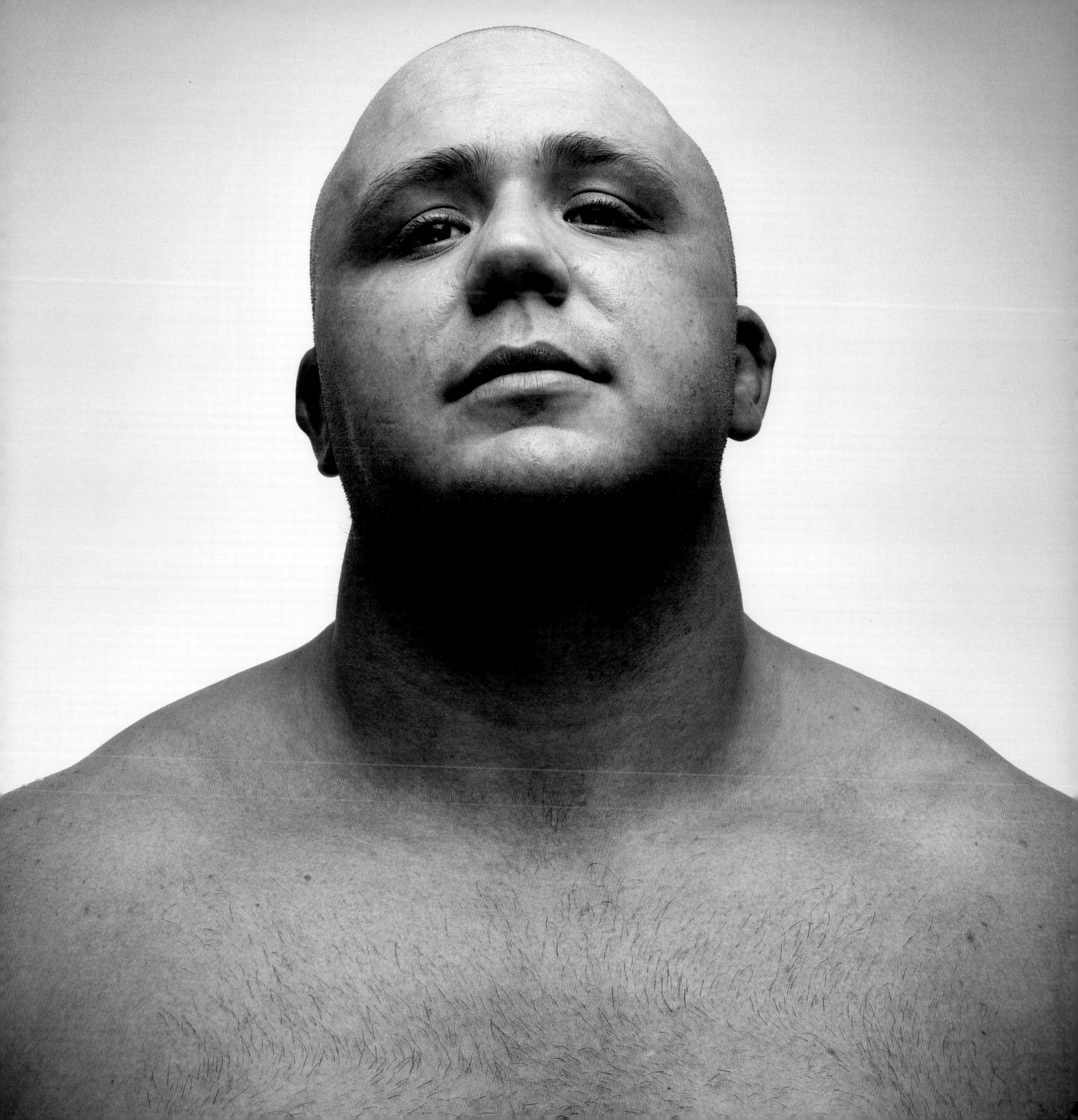

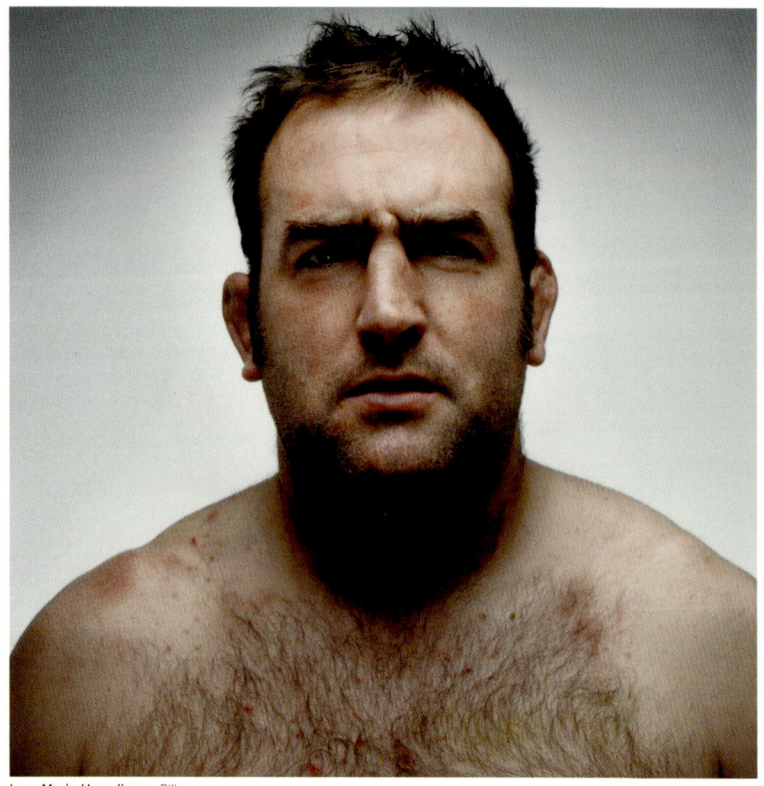

Jean-Marie Usandisaga, Pilier

Gregory Sudre, Demi de mêlée

Vlatcheslav Gratchev, 3e ligne

James MacLaren, Centre

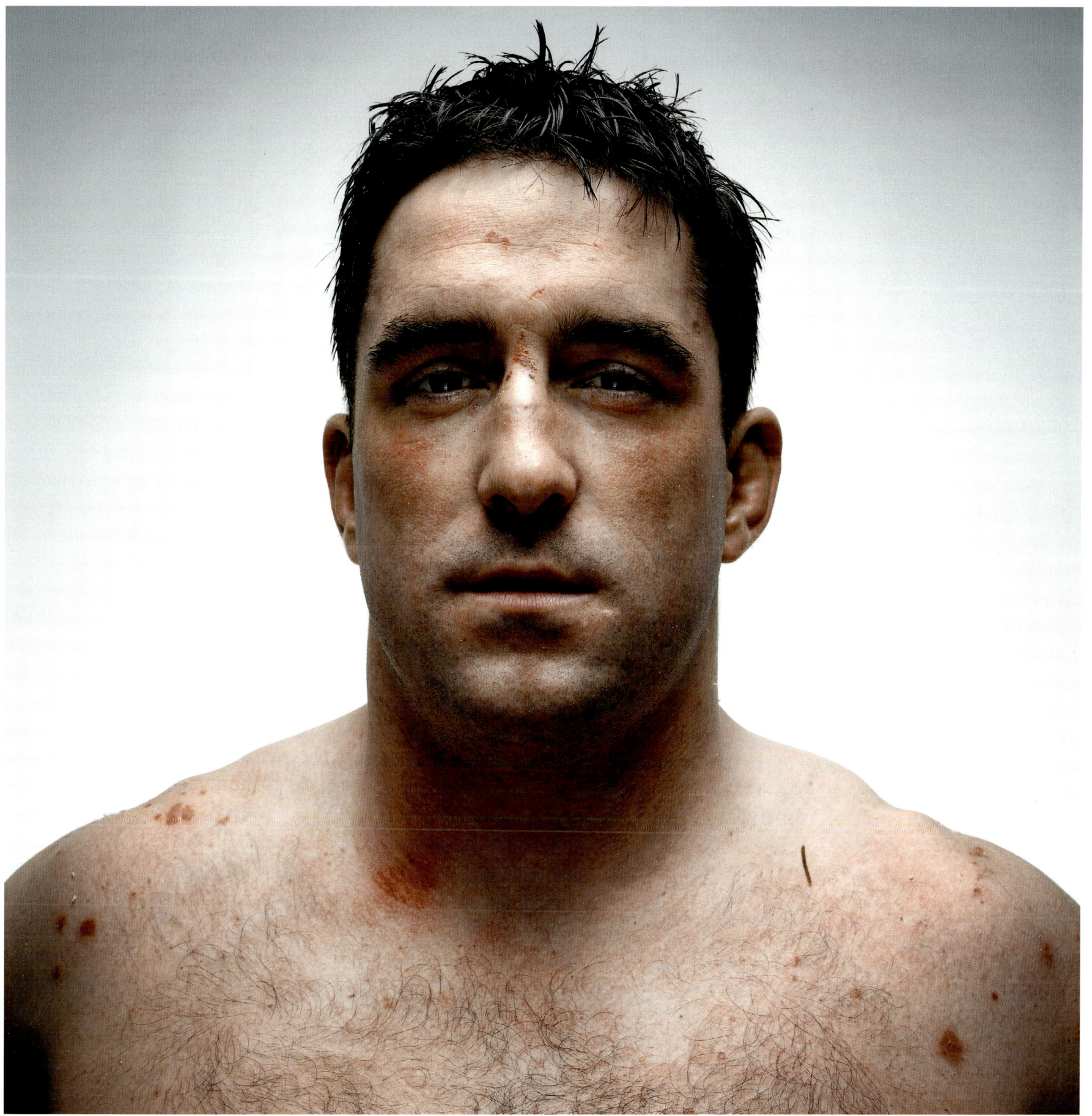

Christophe Laurent, Talonneur

Vincent Inigo, Centre

Jose Maria Nunez-Piossek, Ailier

Henri-Pierre Vermis, Centre

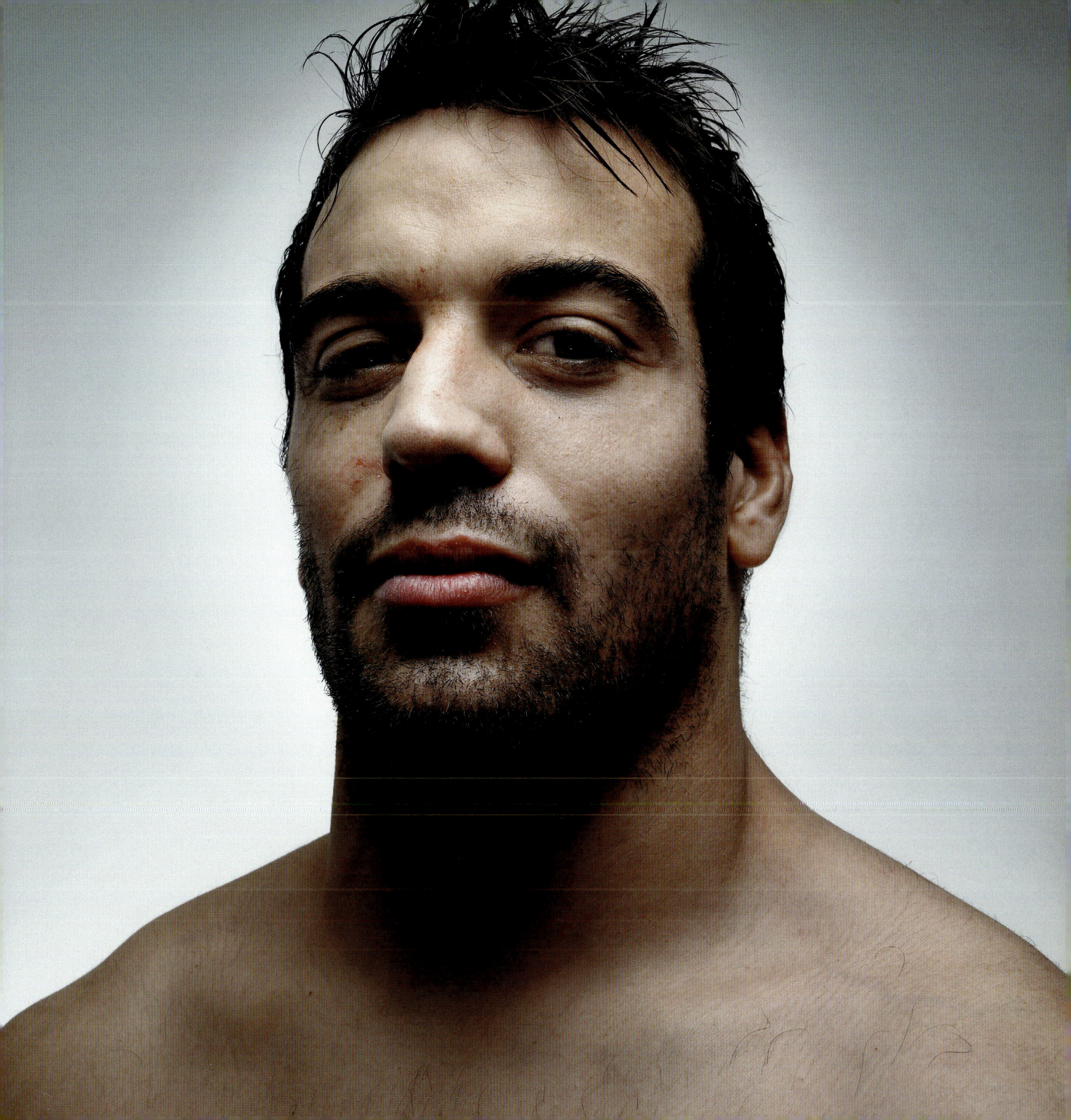

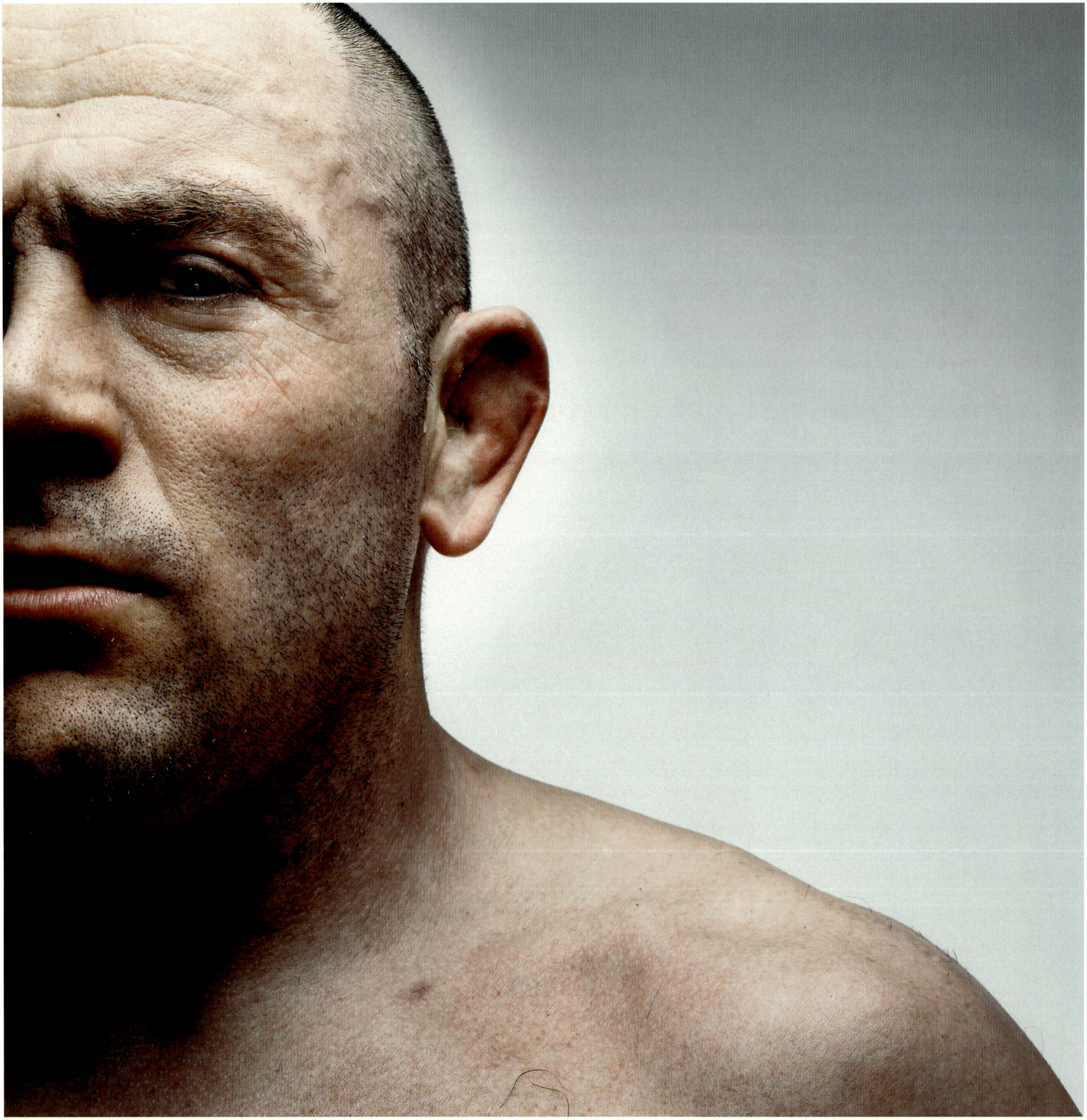

Thierry Cléda, 2ᵉ ligne

Biarritz Olympique Pays Basque. Olivier Olibeau, 2ᵉ ligne. (Biarritz / Agen 17 - 9)

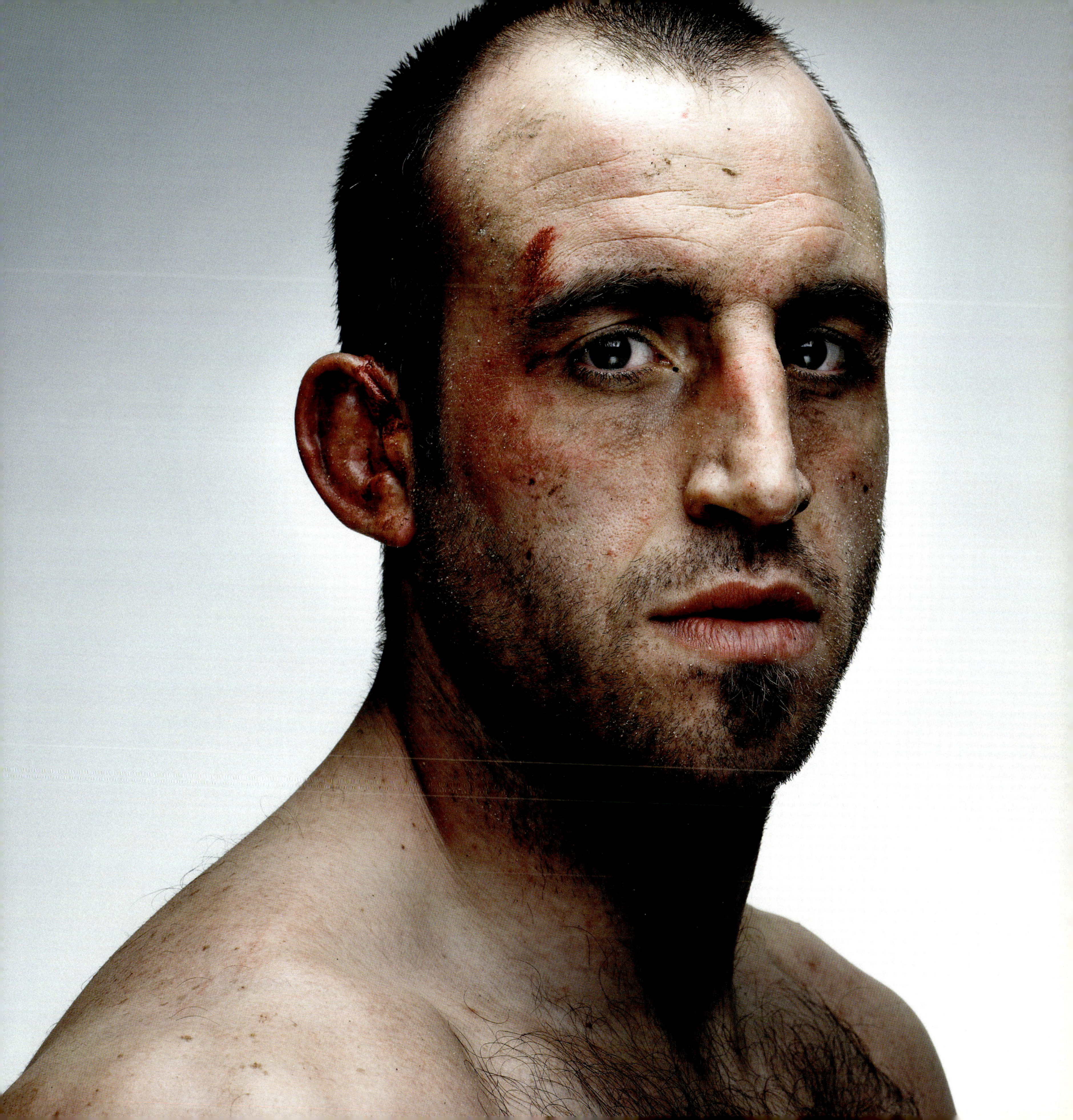

Jean-Baptiste Gobelet, Ailier

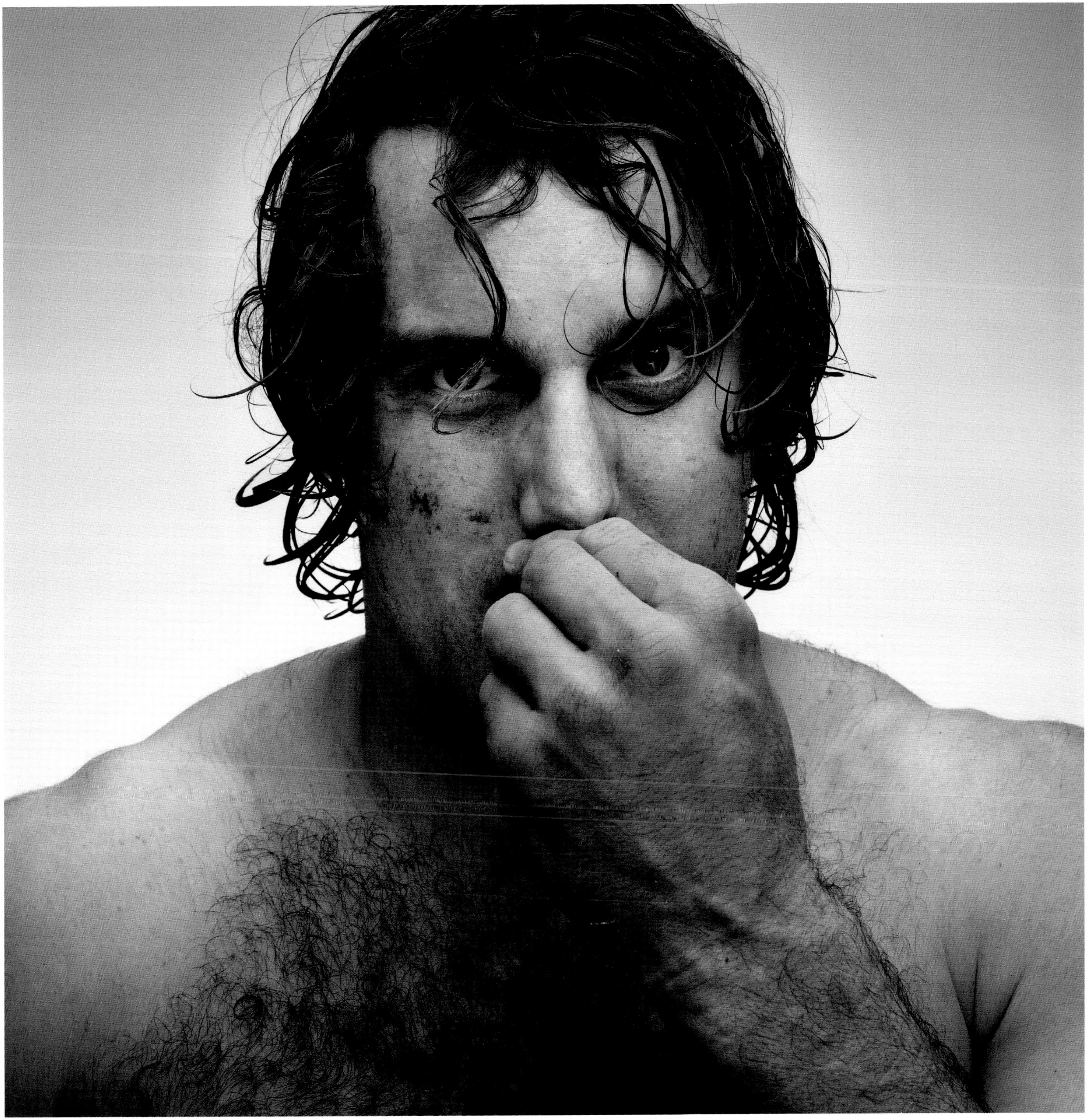

Benjamin Noirot, Talonneur

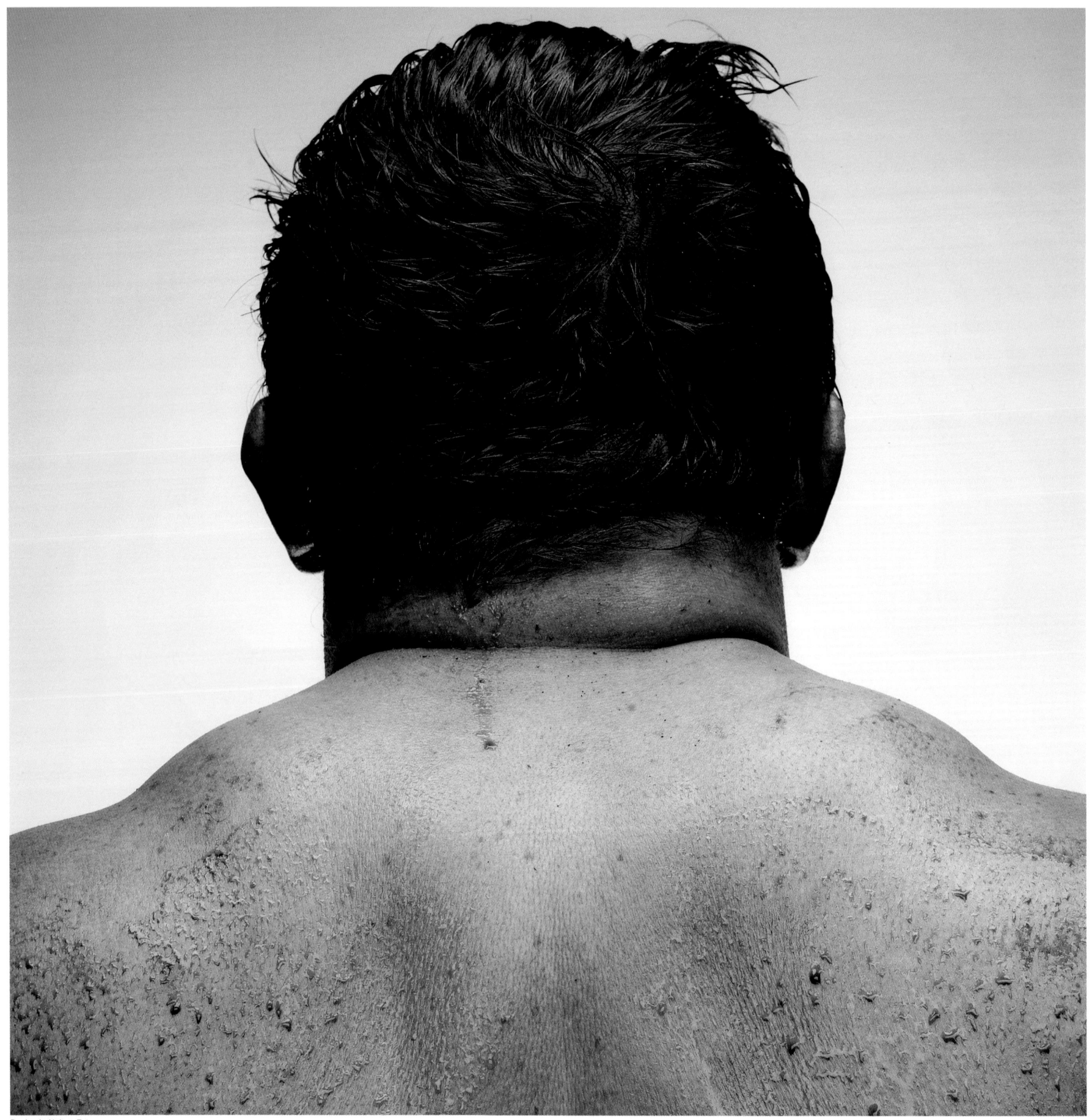

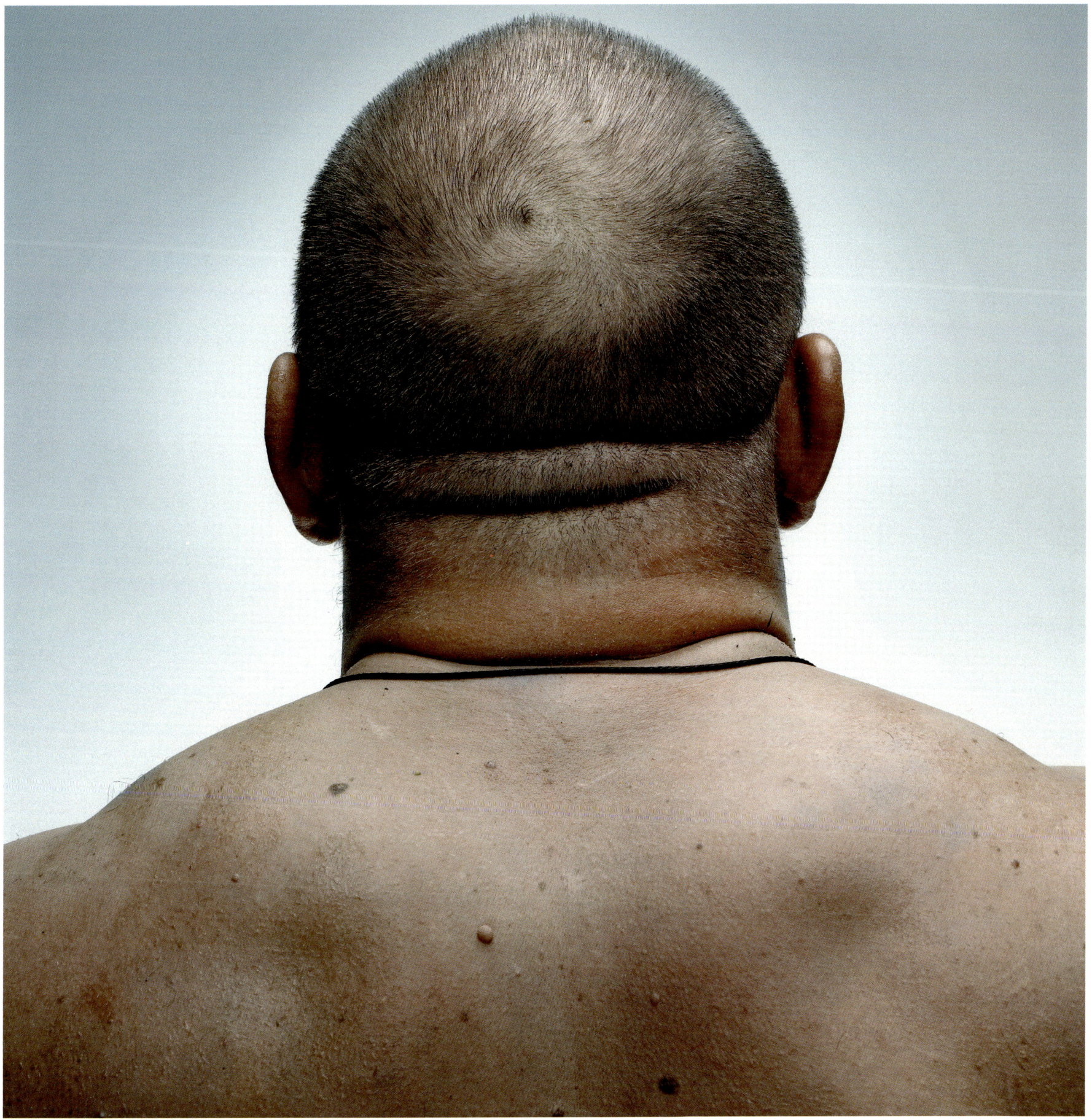

Petru Balan, Pilier

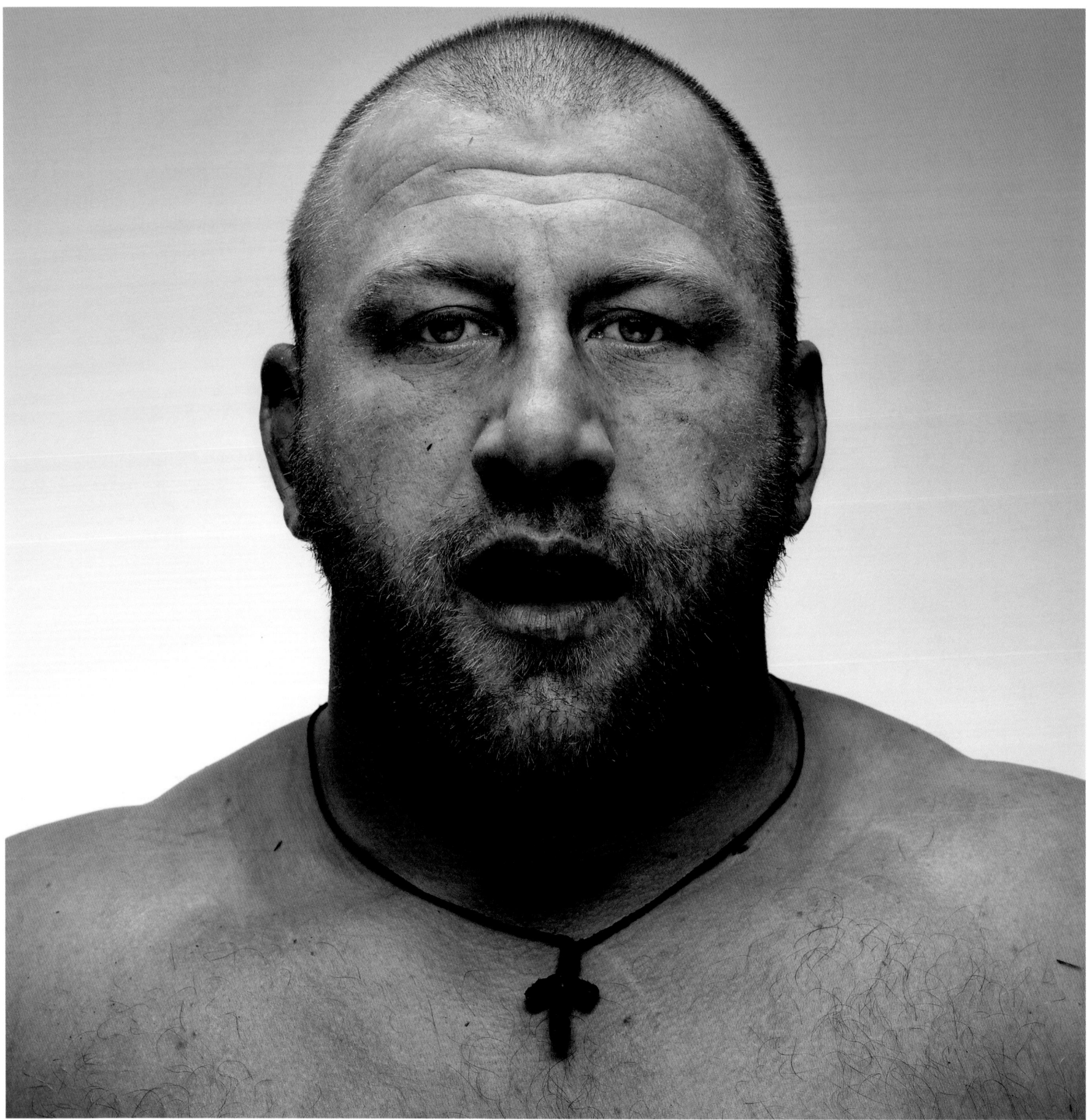

Petru Balan, Pilier

Benjamin Noirot, Talonneur

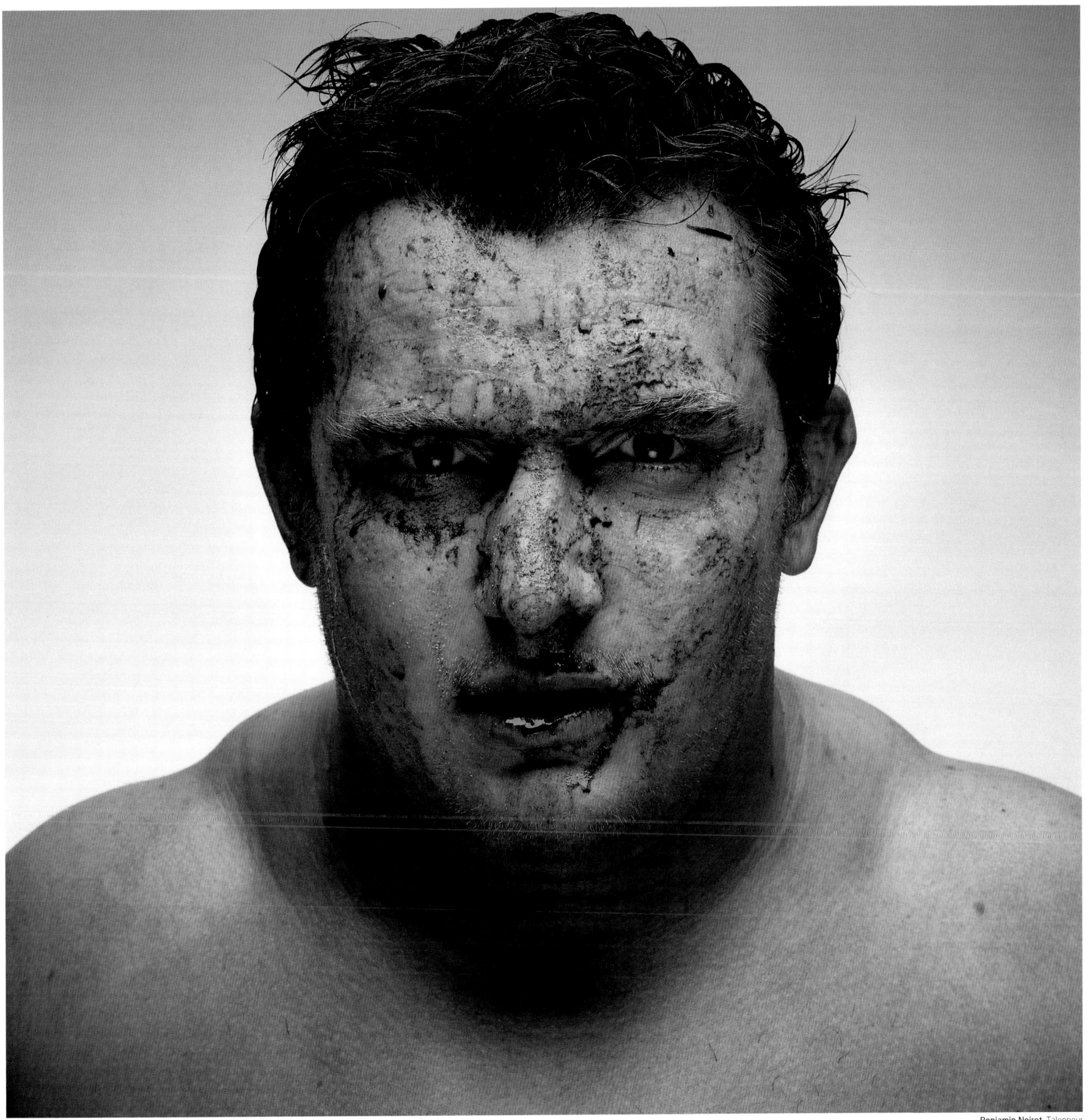

Serge Betsen, 3e ligne

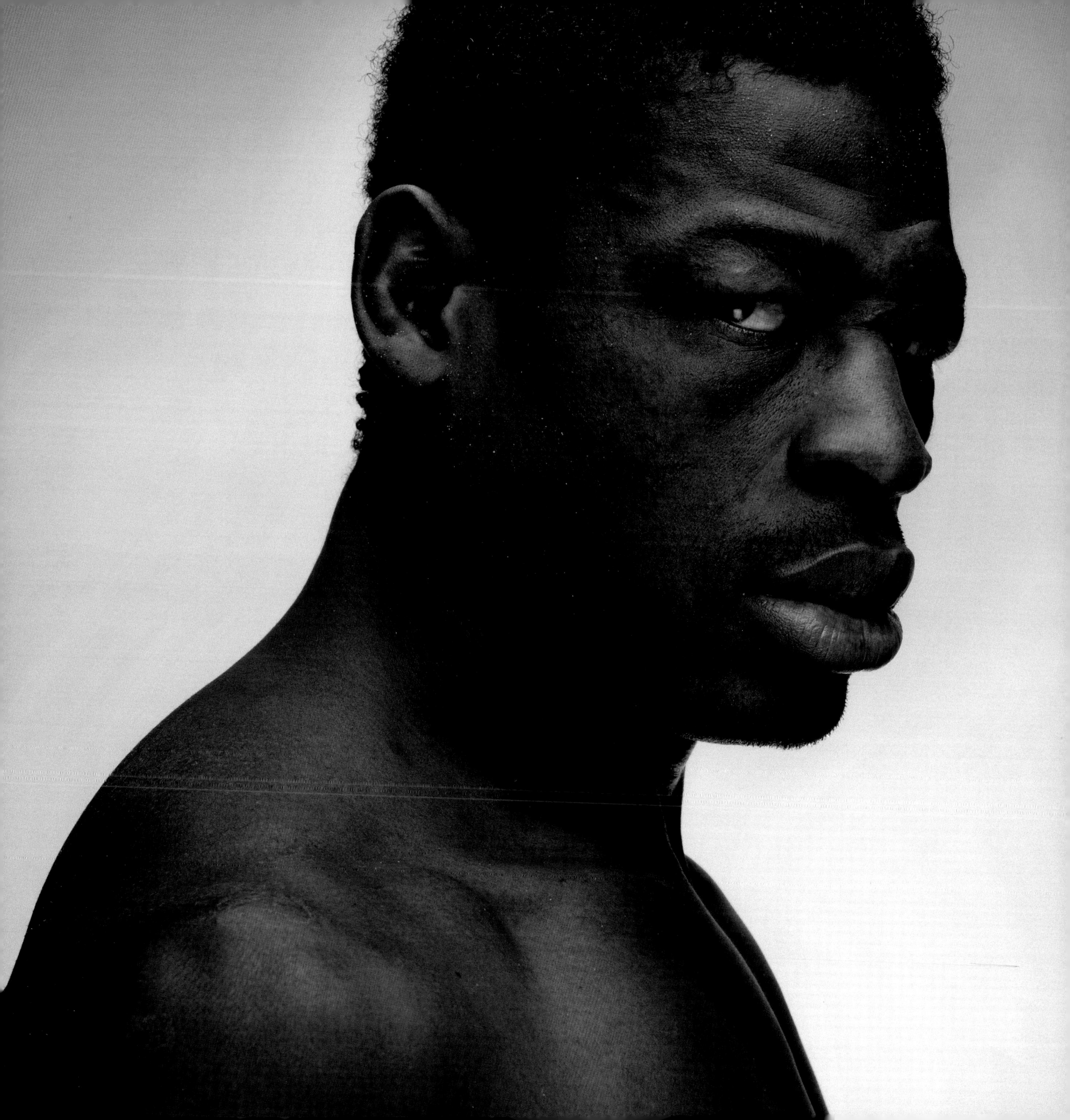

Julien Dupuy, Démi de mêlée

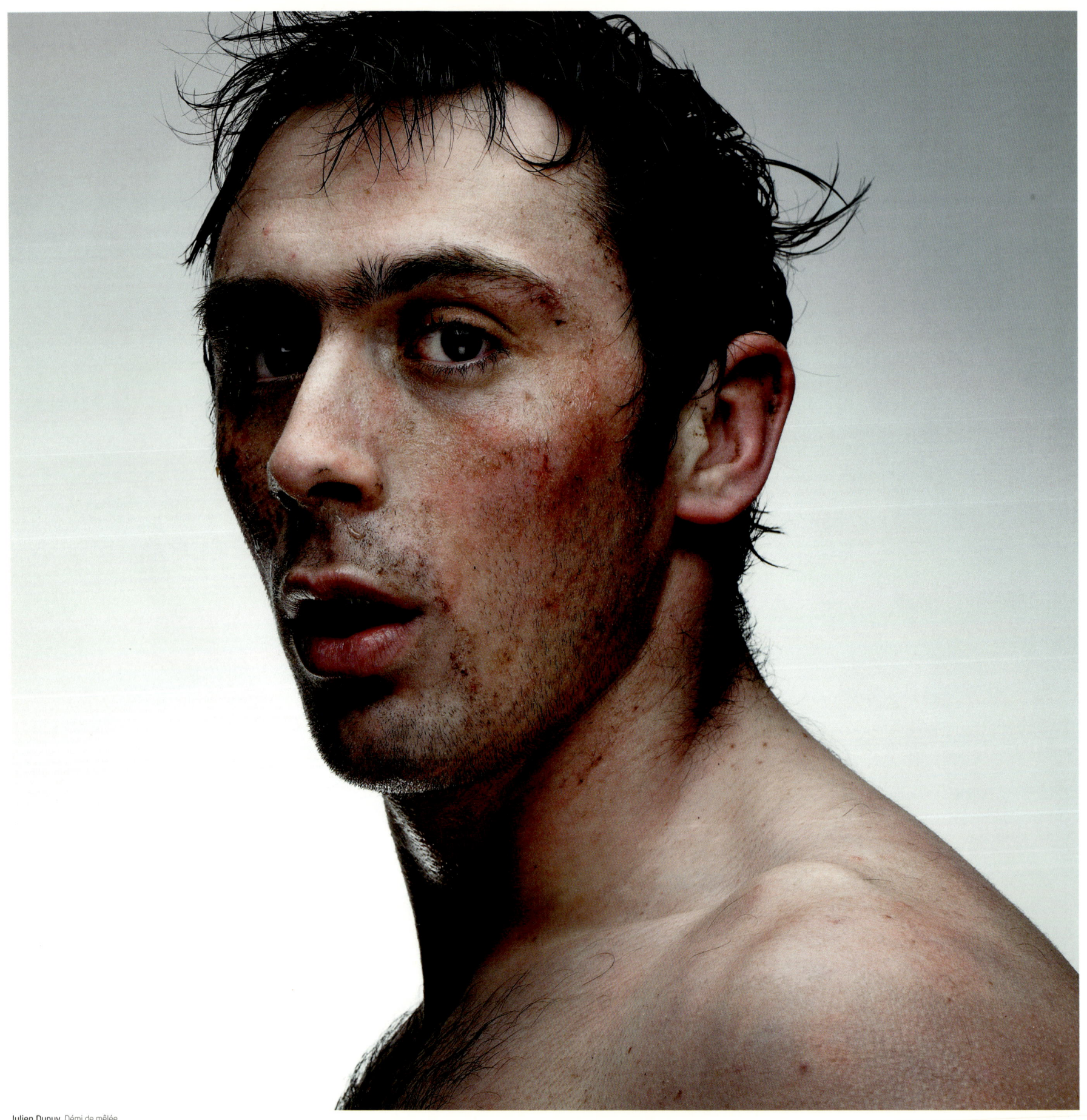

Jérôme Thion, 2ᵉ ligne

Nicolas Brusque, Arrière

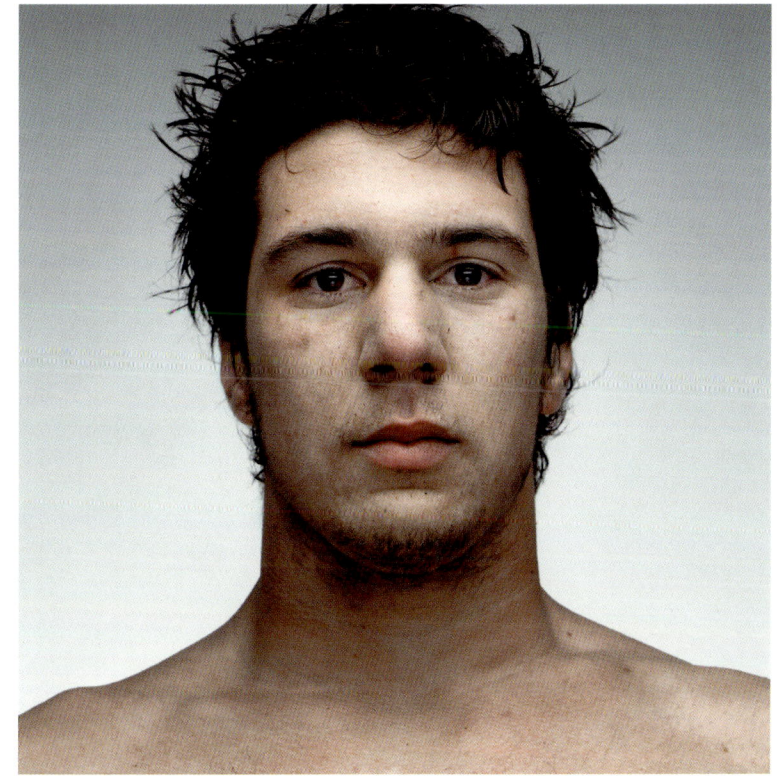

Manuel Carizza, 2ᵉ ligne

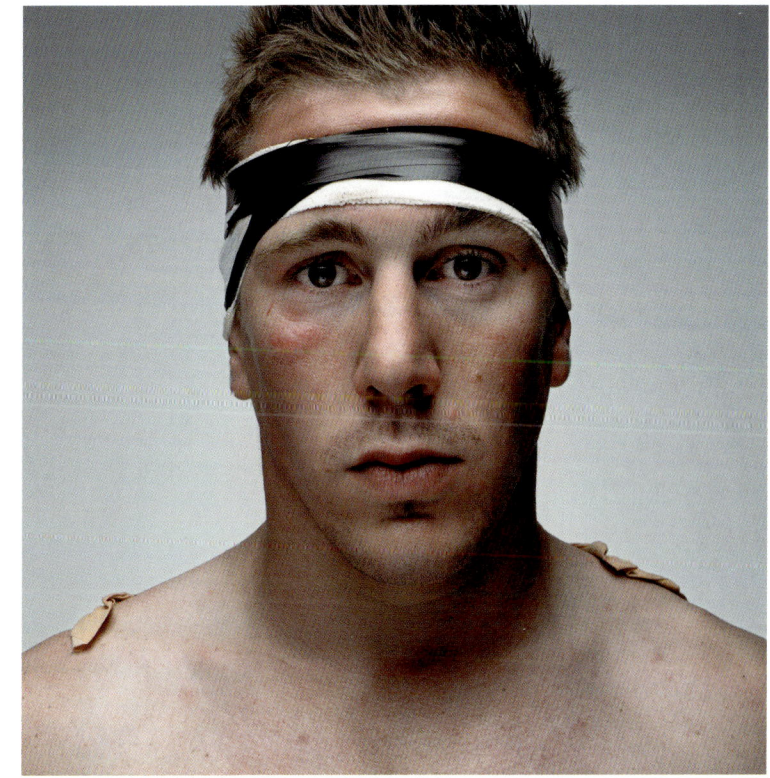

Imanol Harinordoquy, 3ᵉ ligne

Sébastien Ormaechea, Pilier

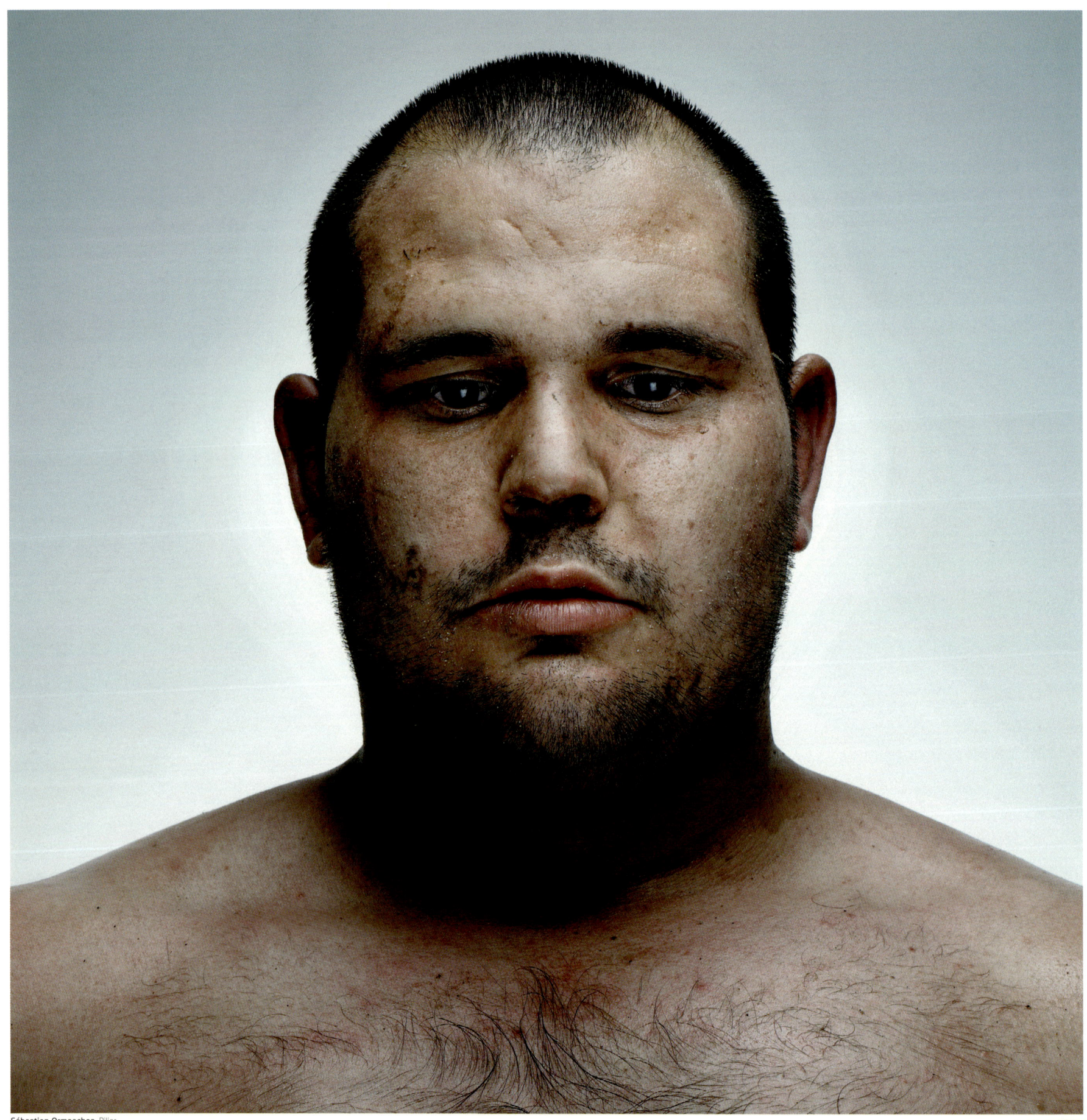

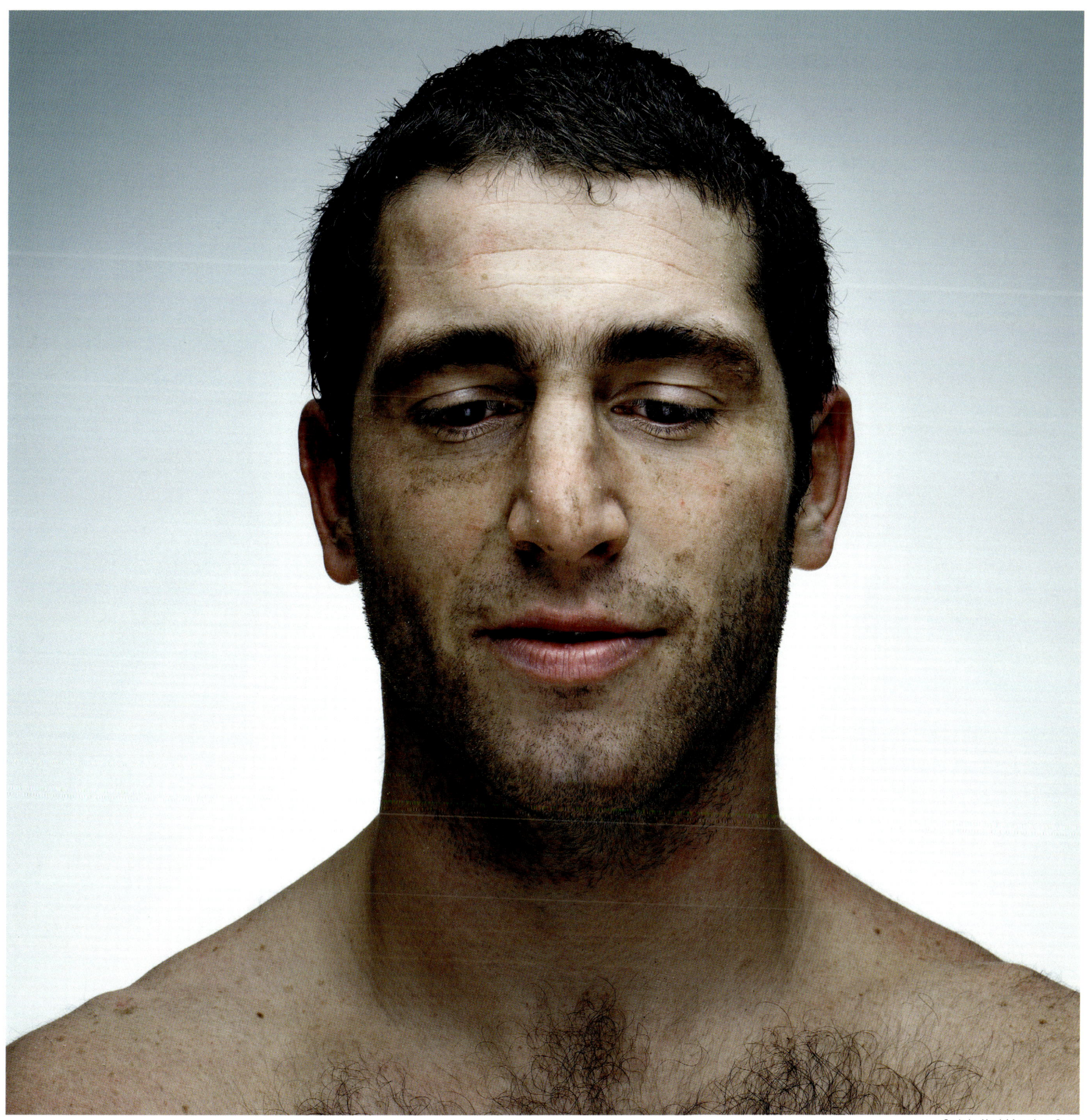

Frederico Martini Arramburu, Centre

Census Johnston, Pilier

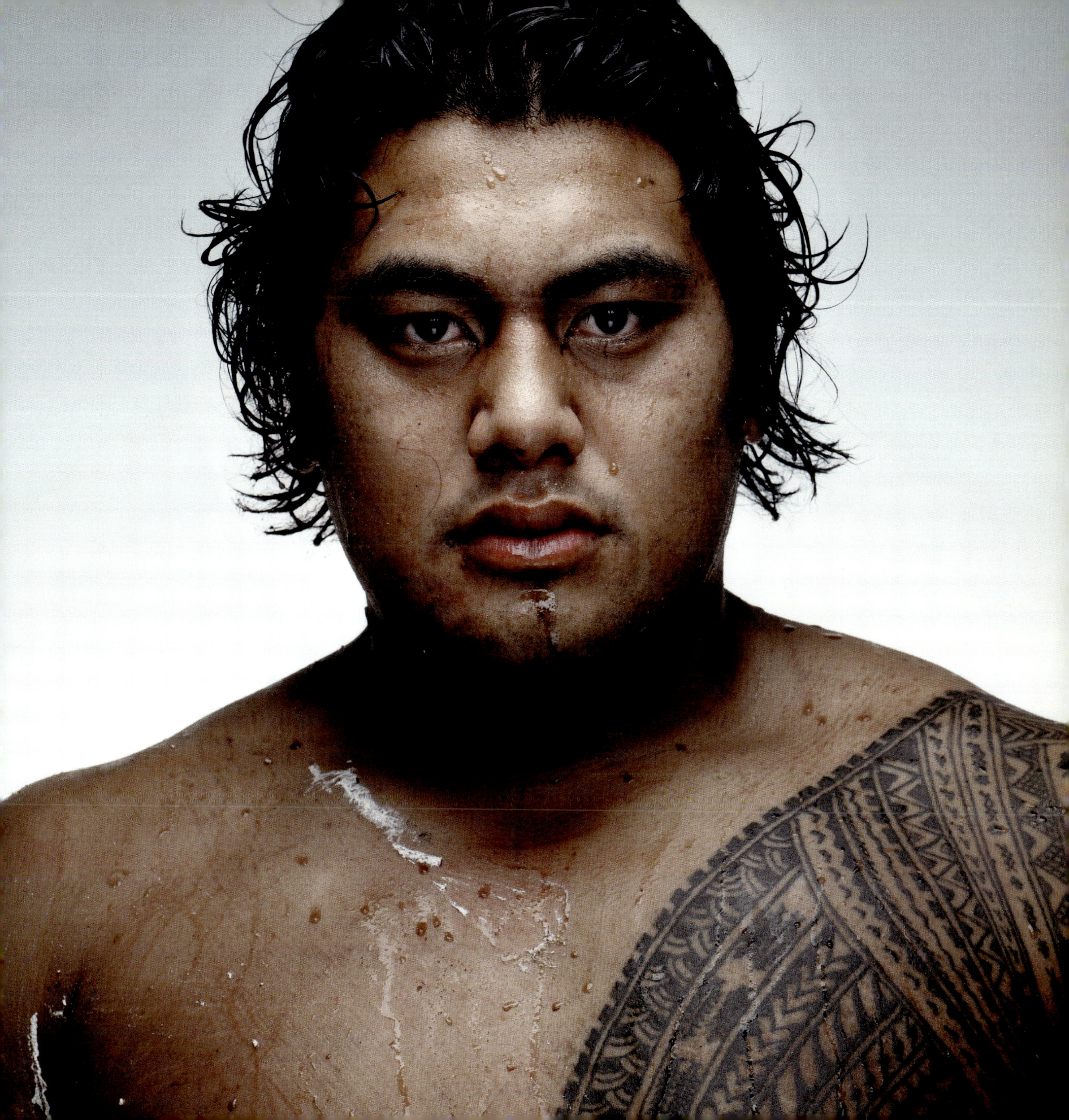

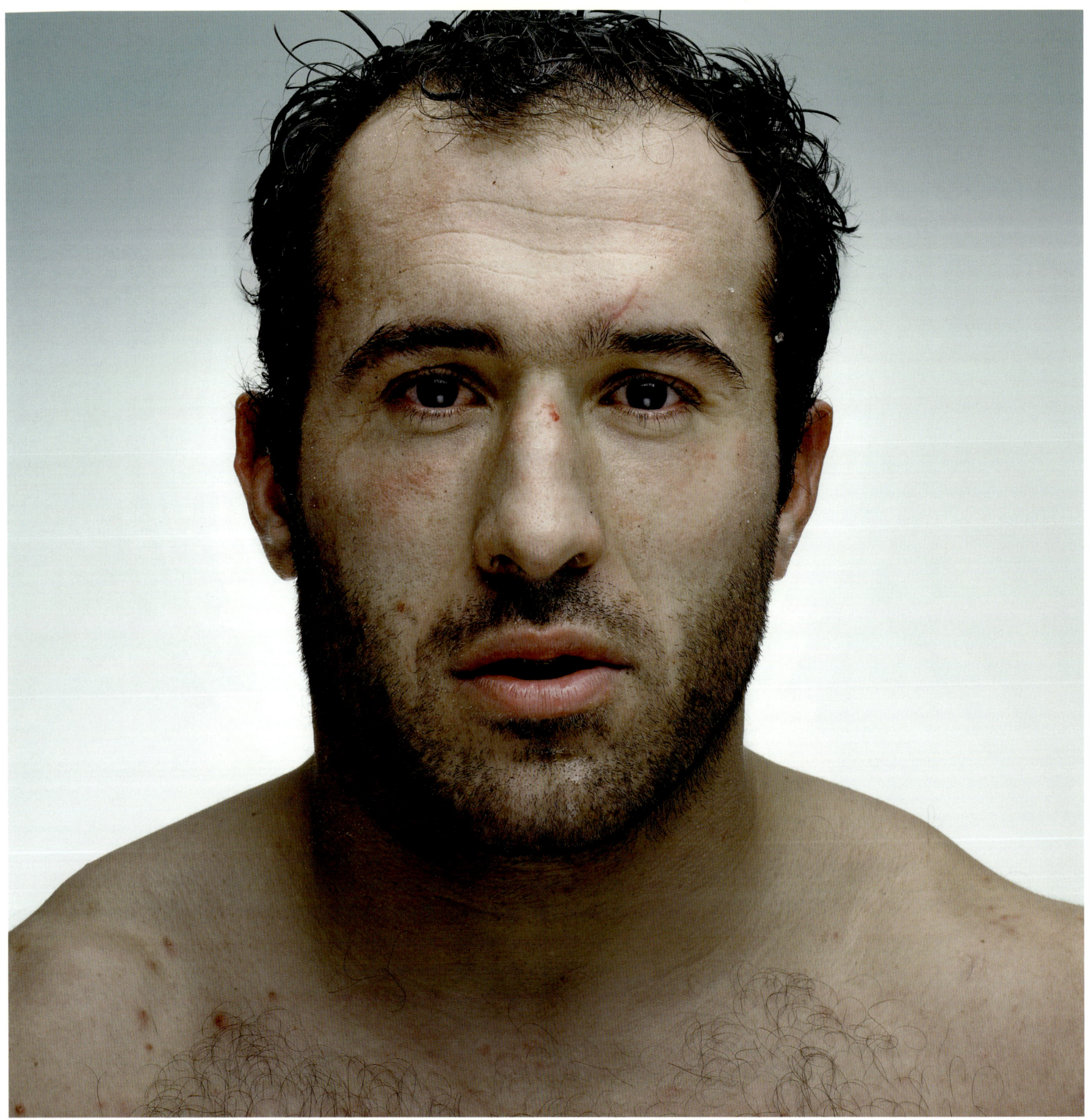

Philippe Bidabé, Ailier

Thierry Dusautoir, 3ᵉ ligne

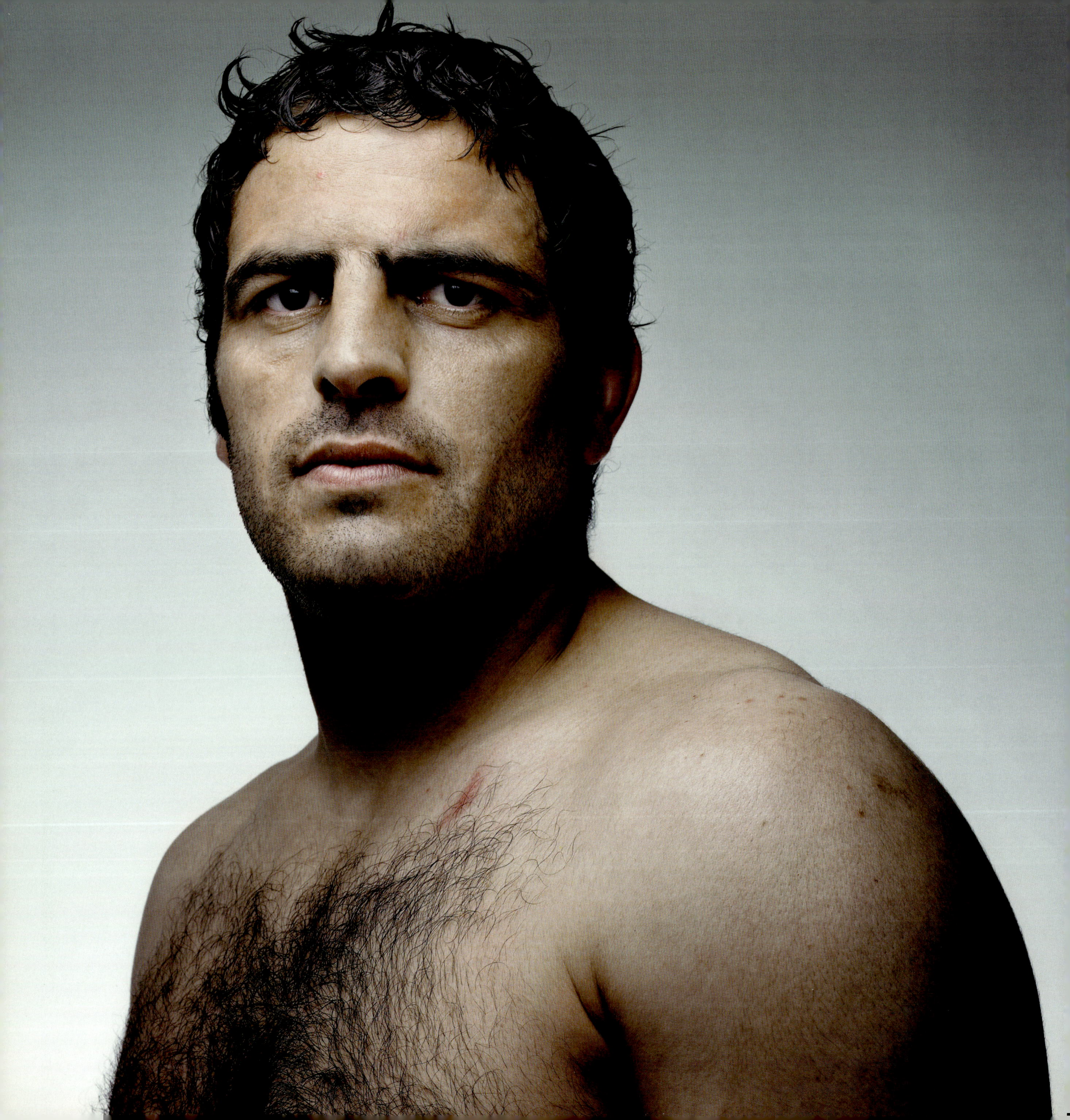

Thomas Lièvremont, 3ᵉ ligne

C.S. Bourgoin Jallieu. Pablo Cardinali, Pilier. (Bourgoin / Biarritz 36 - 22)

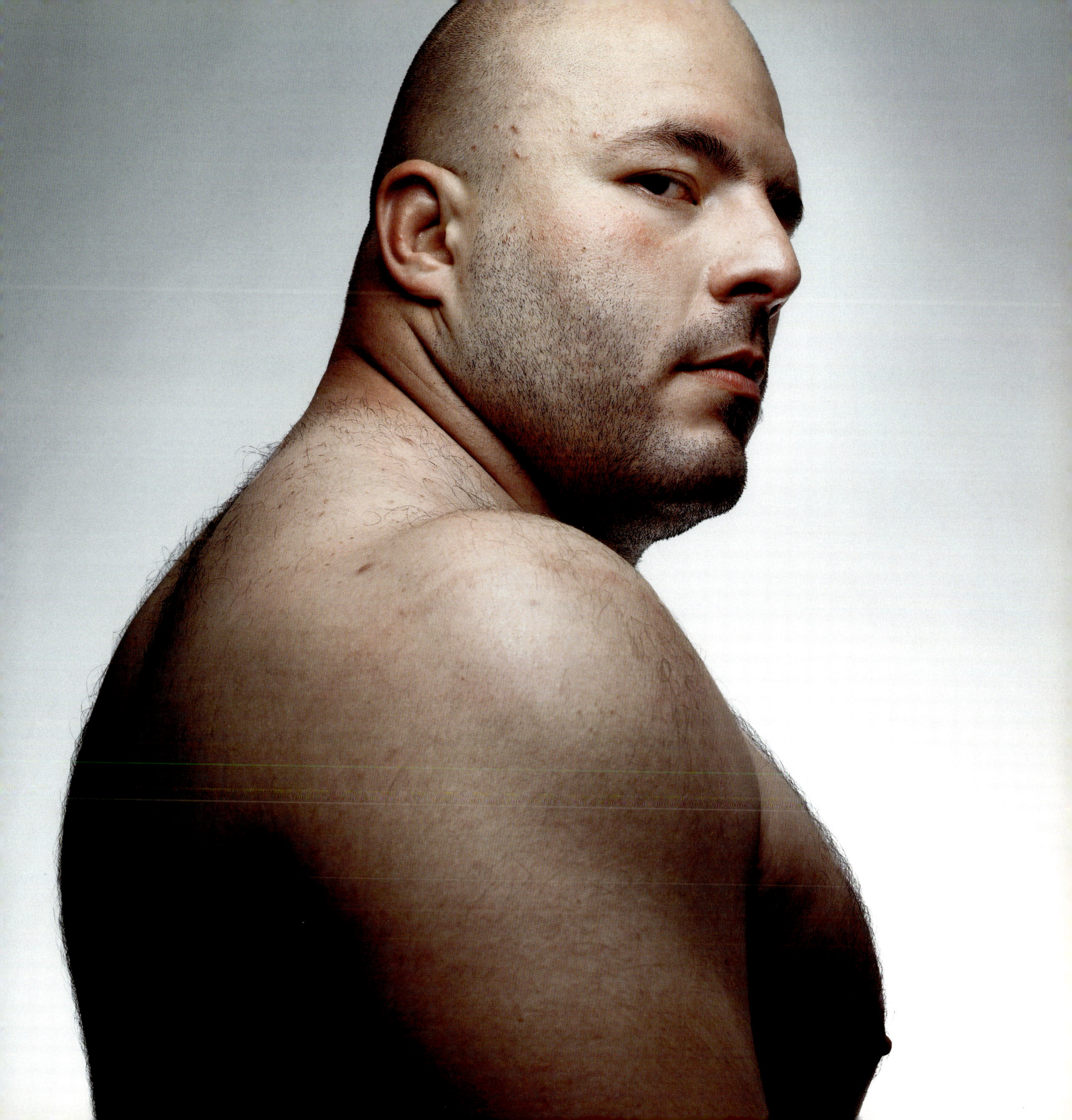

William Bonet, Pilier

Julien Frier, 3ᵉ ligne

Nicolas Bontinck, 3ᵉ ligne

Carlo Del Fava, 2e ligne

Werner Loftus, 2ᵉ ligne

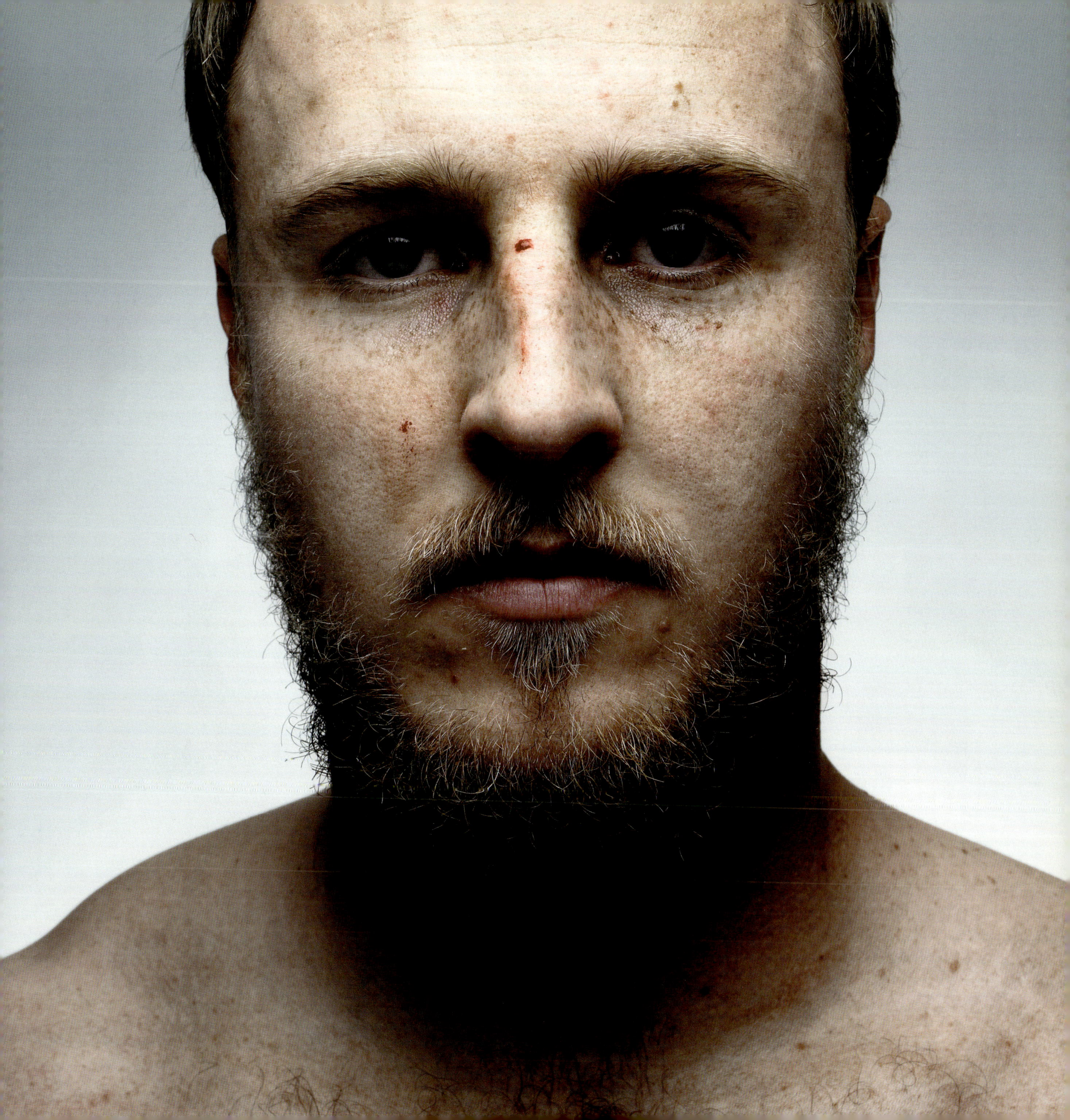

David Janin, Ailier

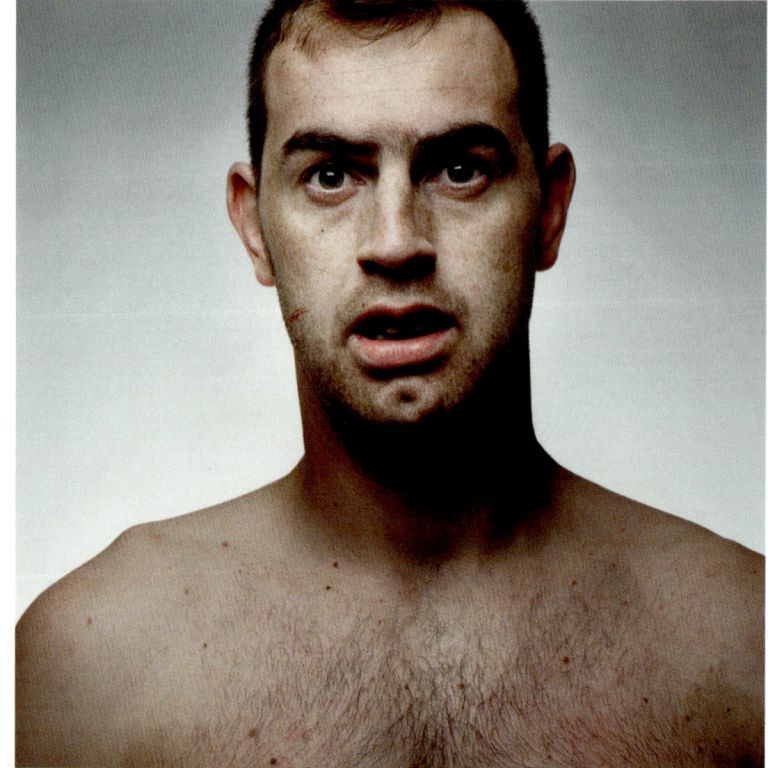

Anthony Forest, Ailier

Pascal Peyron, Pilier

Wessel Jooste, 2ᵉ ligne

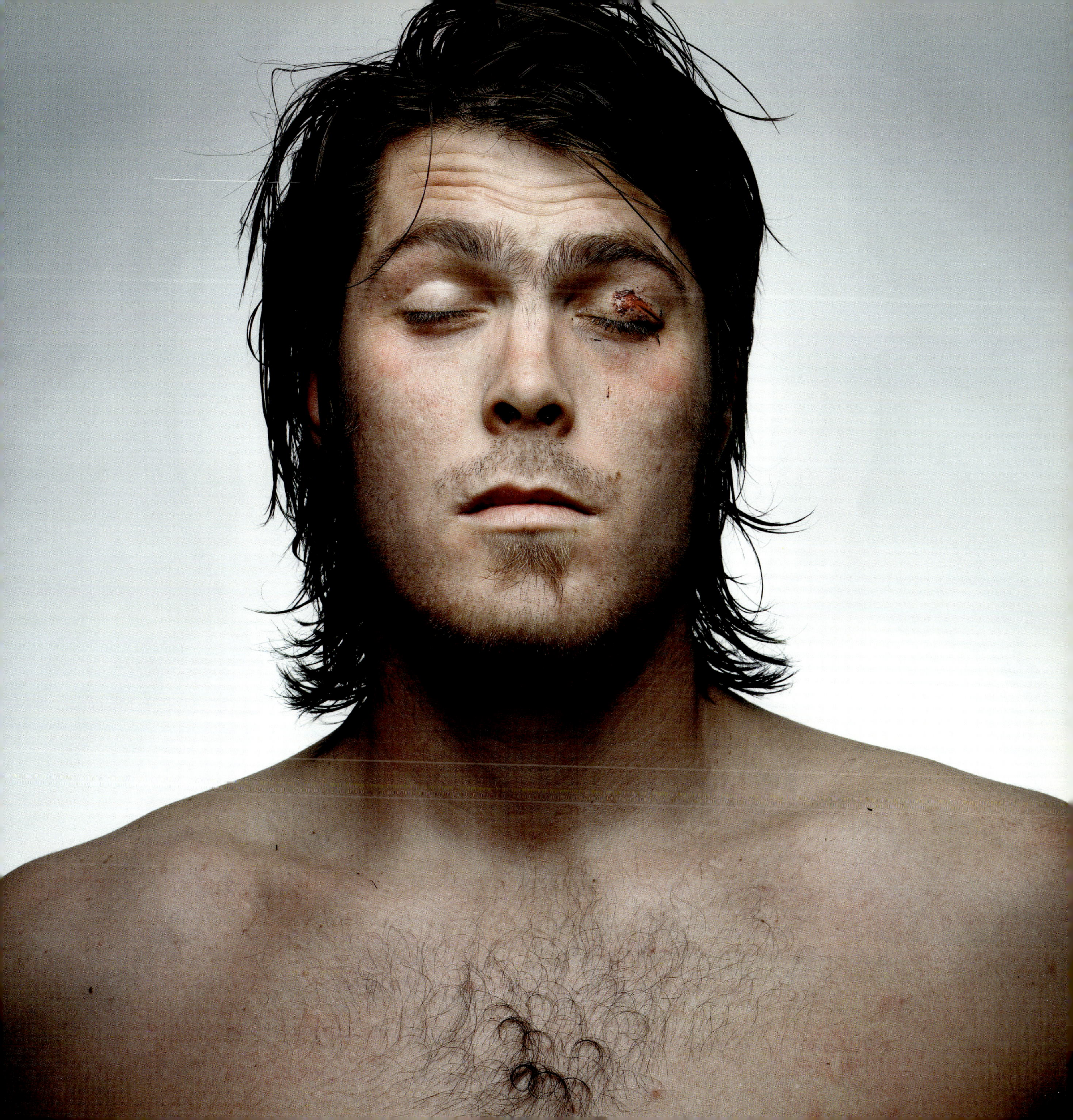

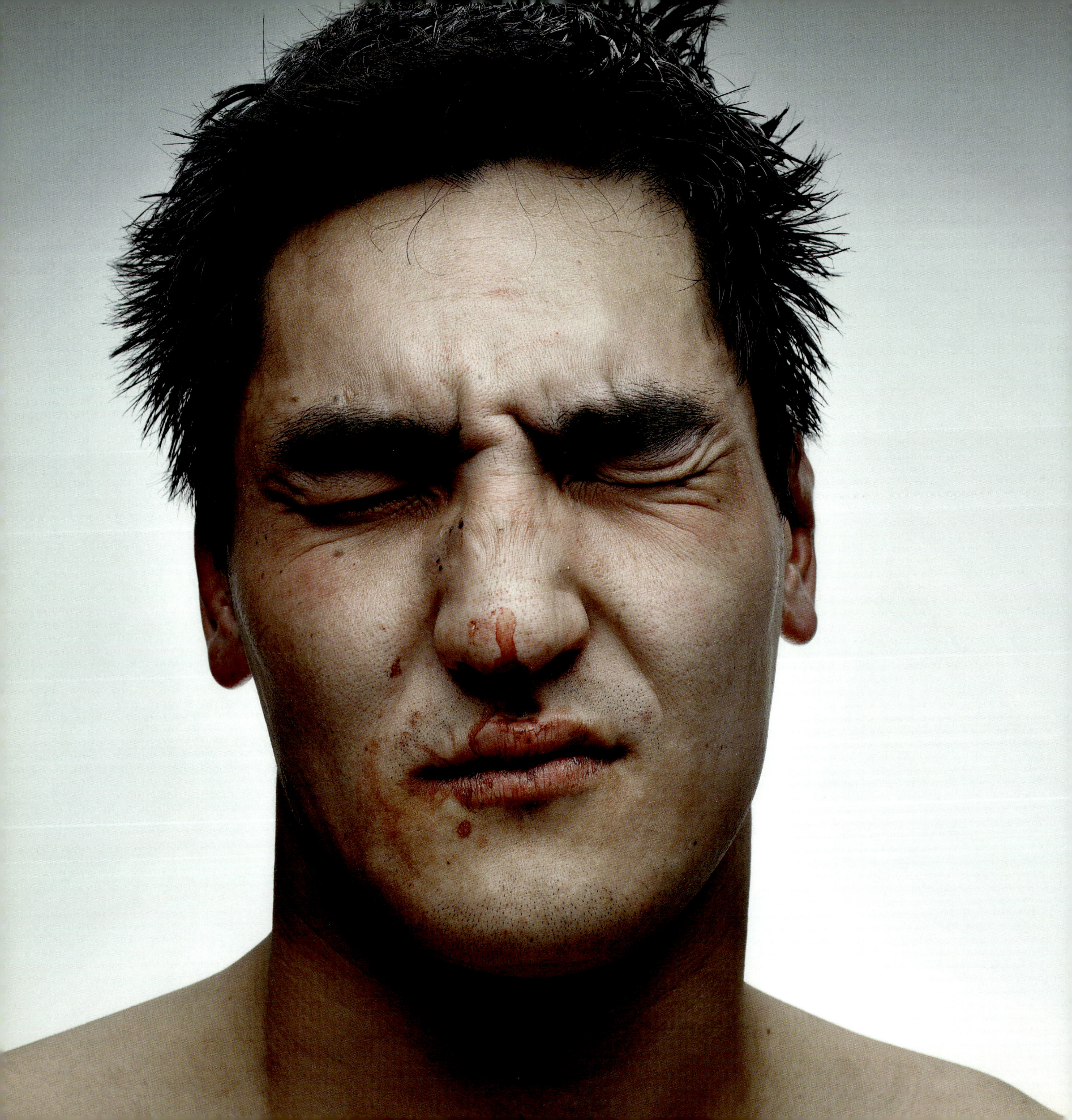

C.A. Brive Corrèze Limousin. Fabien Laurent, 3e ligne. (Brive / Paris 22 - 28)

Jawad Djoudi, Talonneur

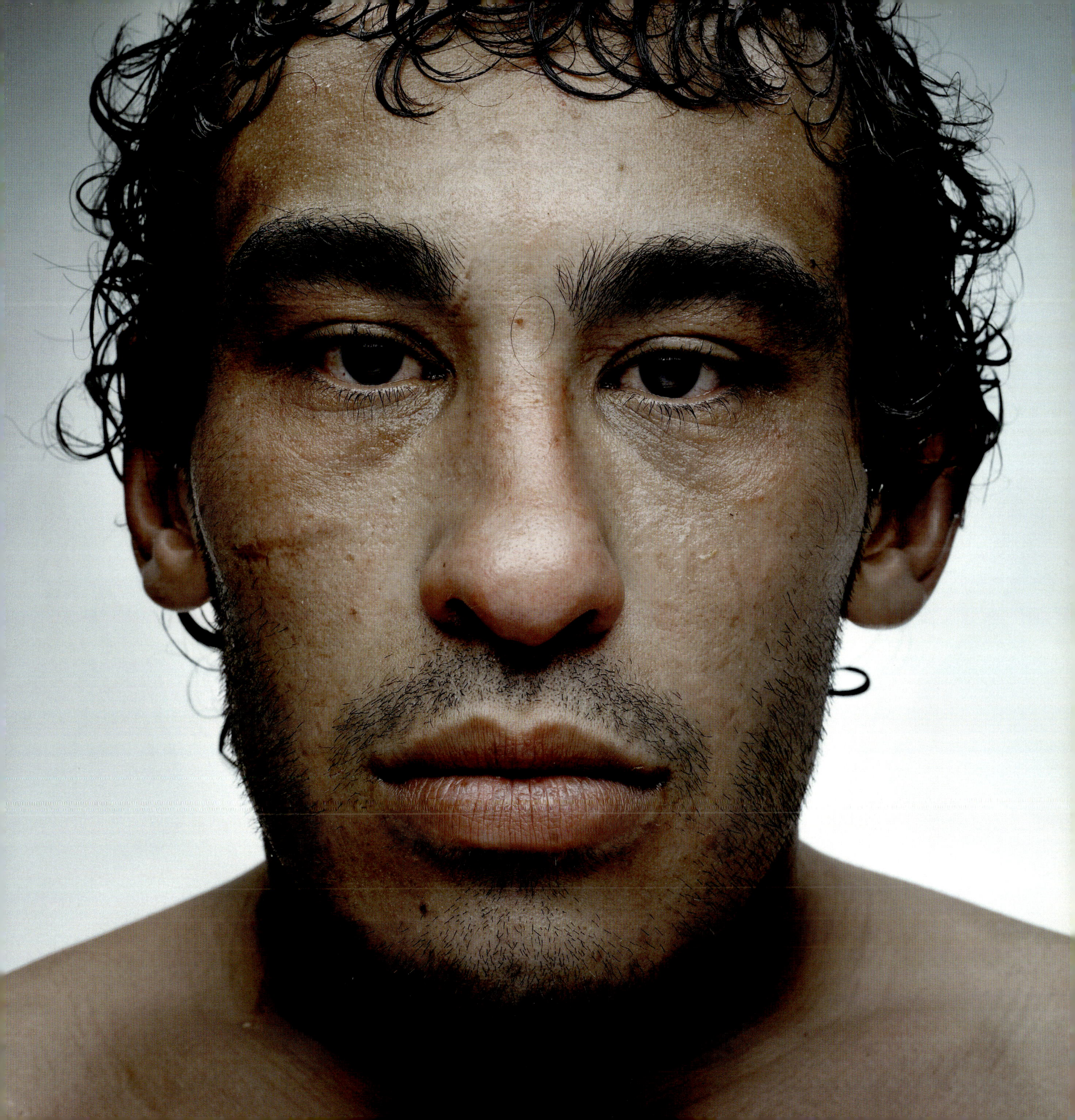

Julien Campo, Talonneur

Damien Neveu, Demi de mêlée

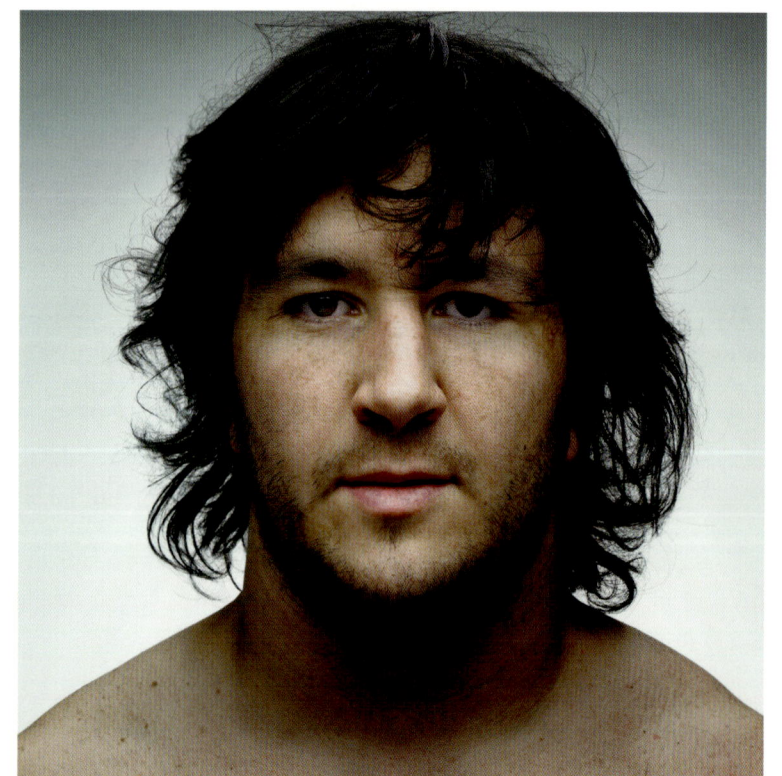

Martin Bottini, Arrière

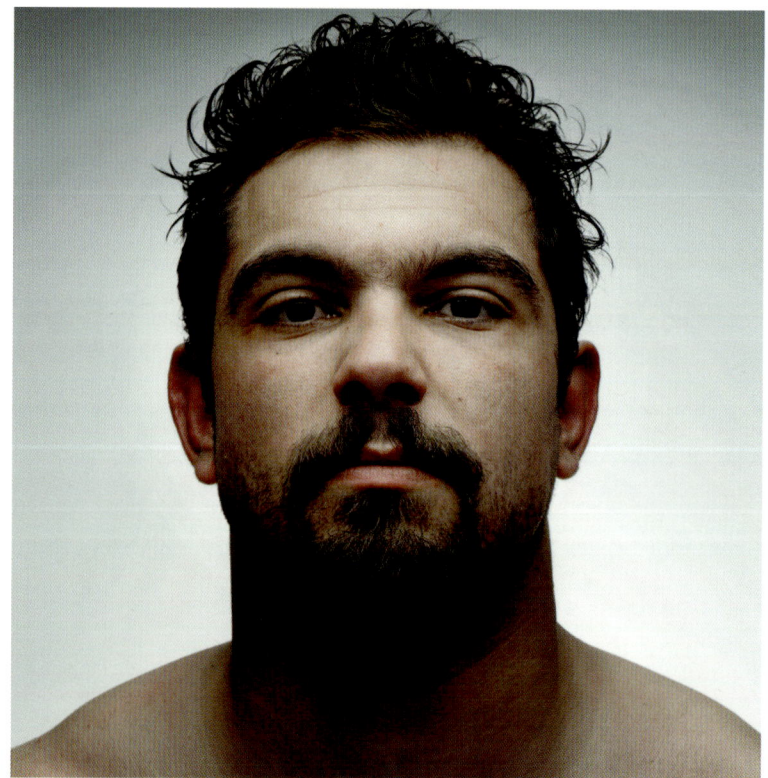

Damien Minassian, Pilier

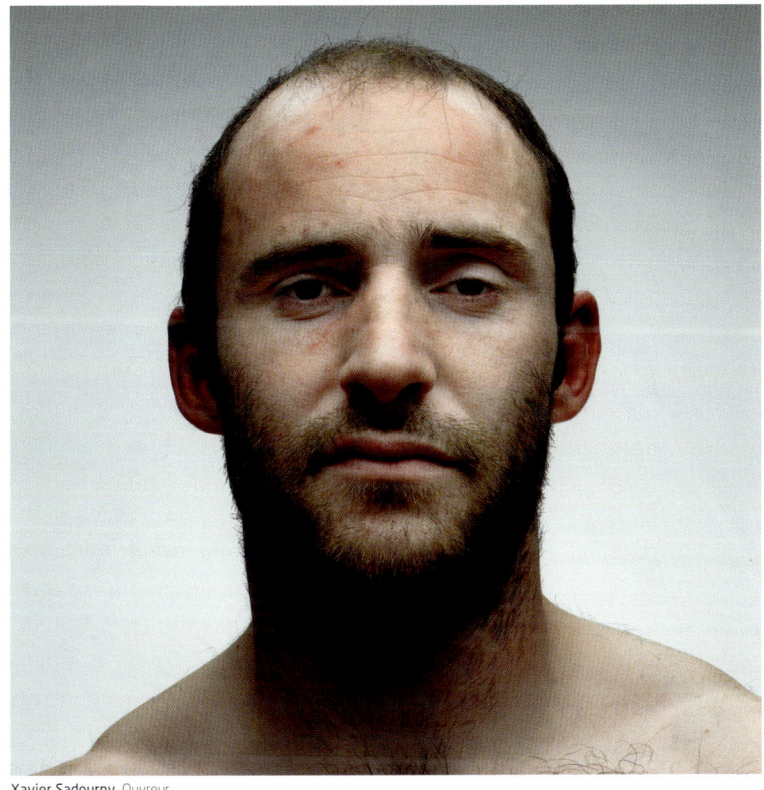

Xavier Sadourny, Ouvreur

Charl Van Rensburg, 3ᵉ ligne

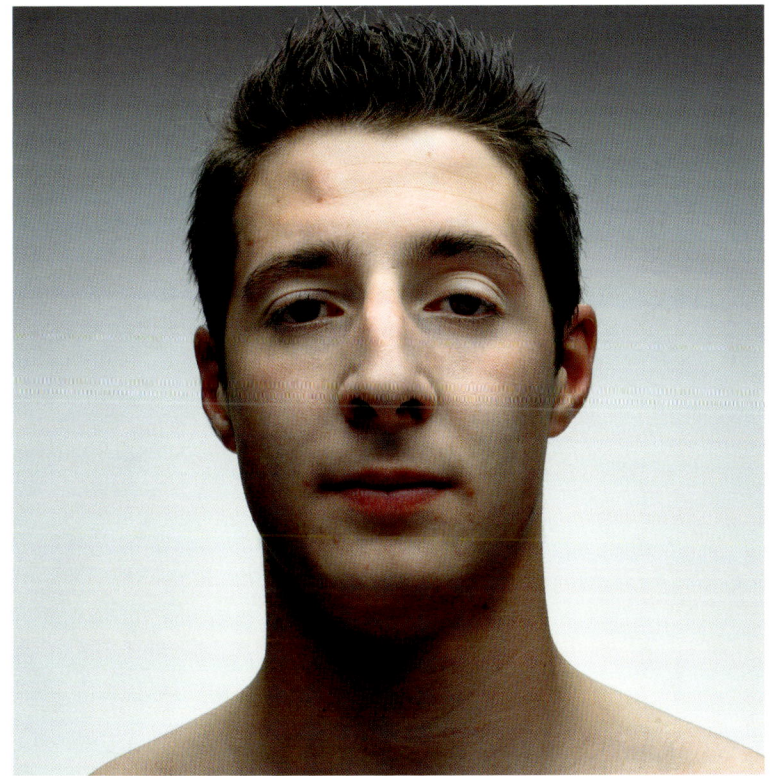

Maxime Petitjean, Ouvreur

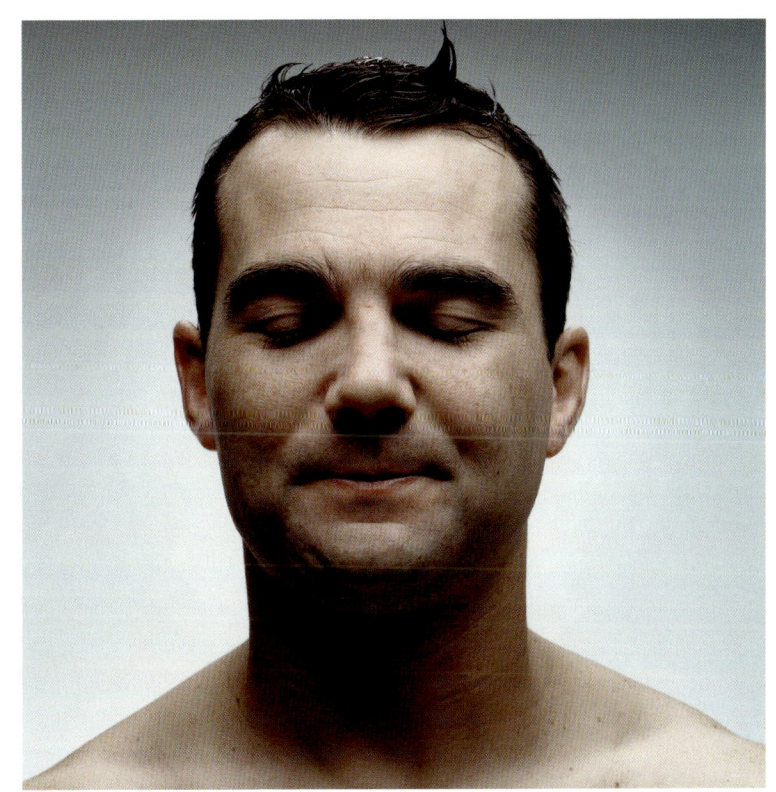

Nicolas Couttet, Centre

Pierre Capdevielle, Pilier

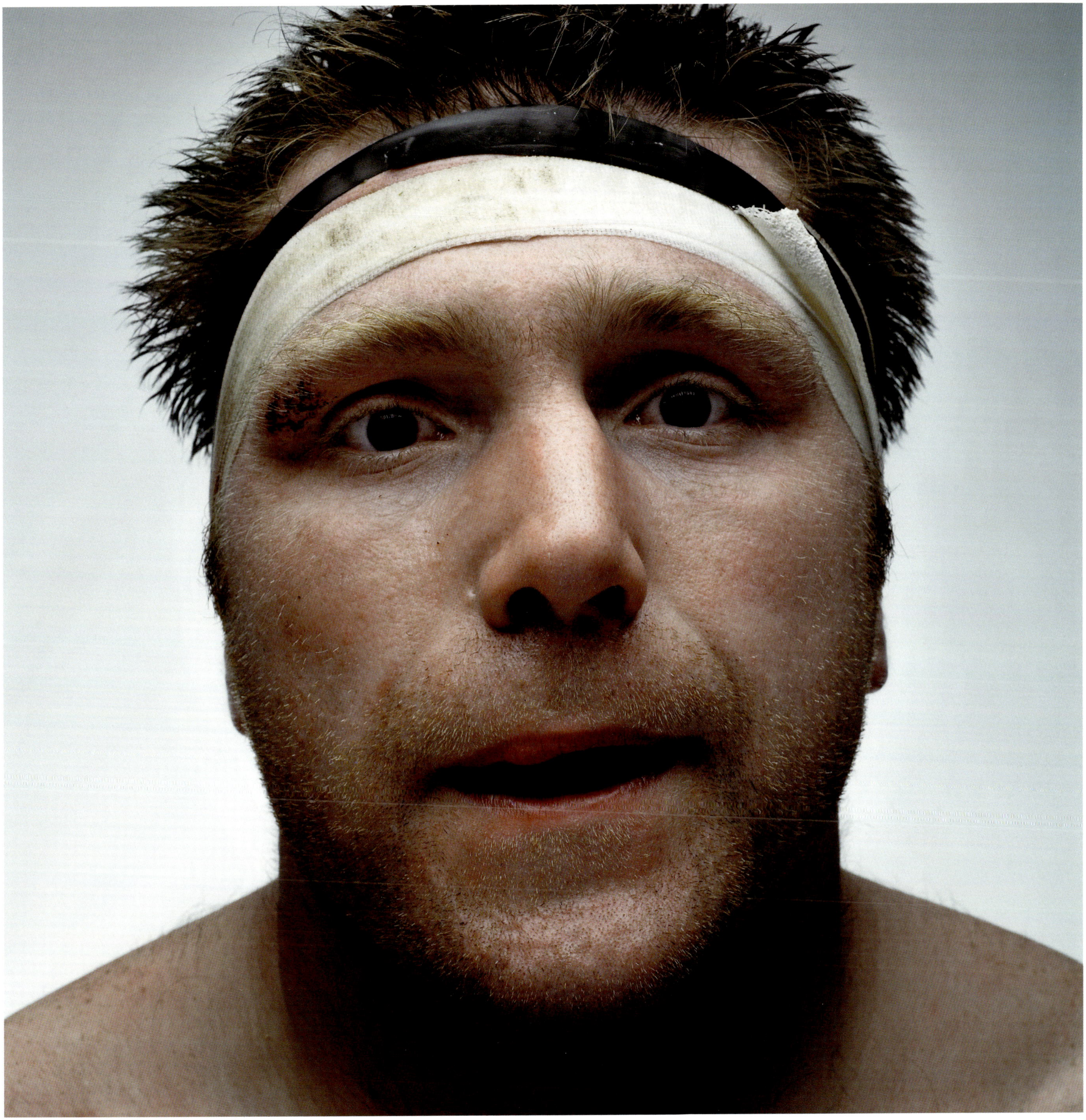

Yves Donguy, Ailier

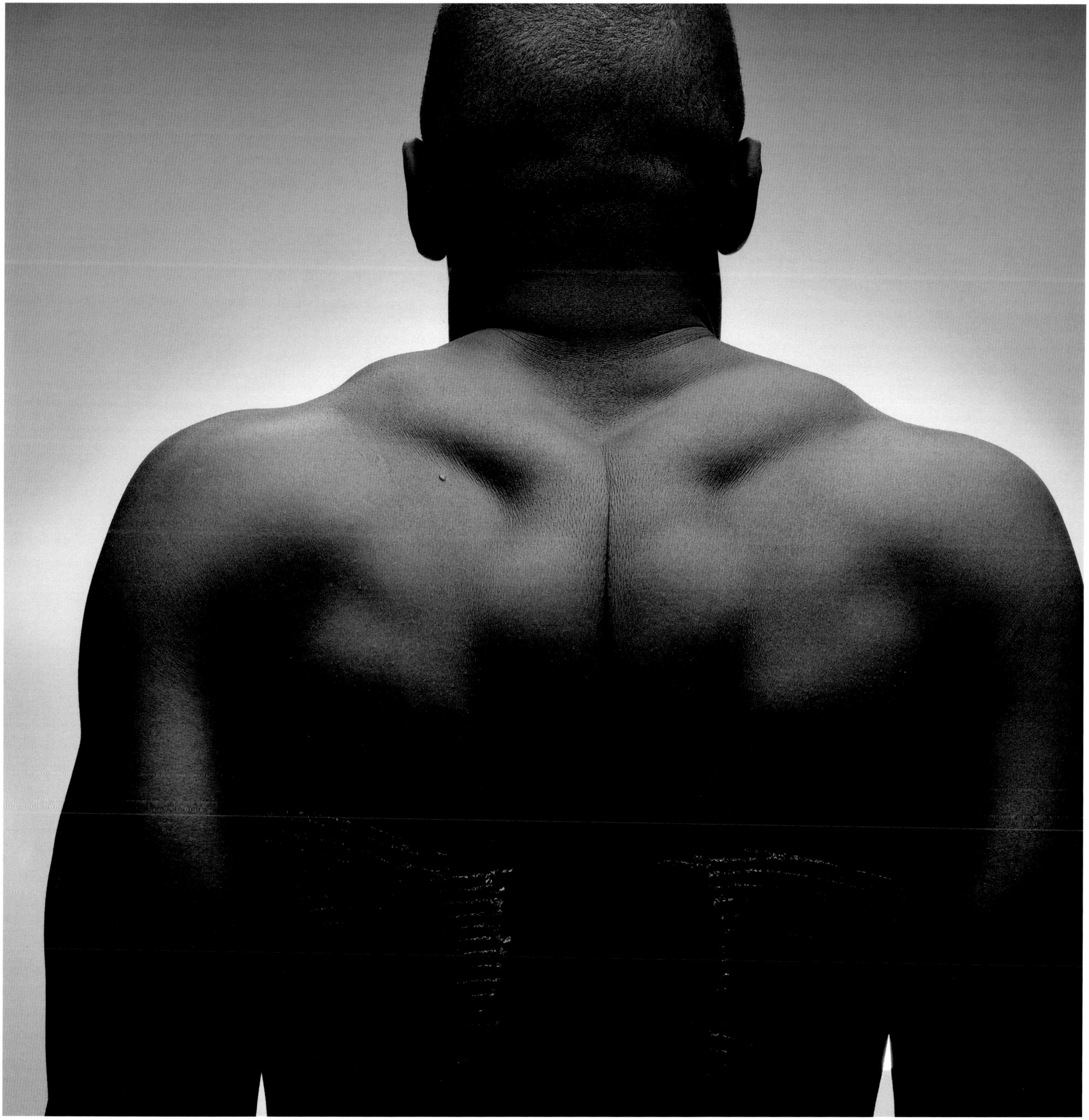

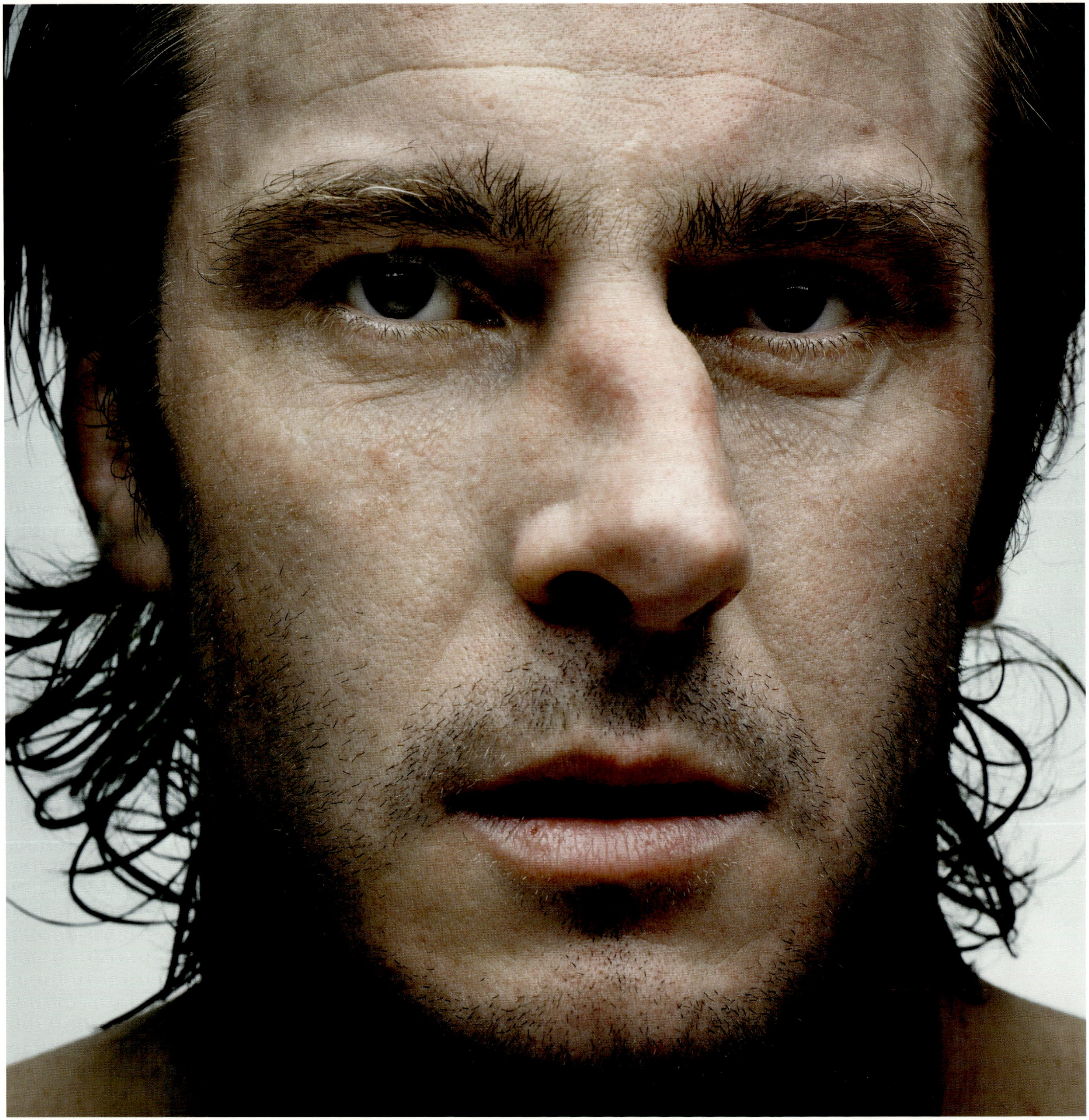

Jérôme Bonvoisin, 3e ligne

Castres Olympique. Rodrigo Capo Ortega, 2ᵉ ligne. (Castres / Paris 10 - 11)

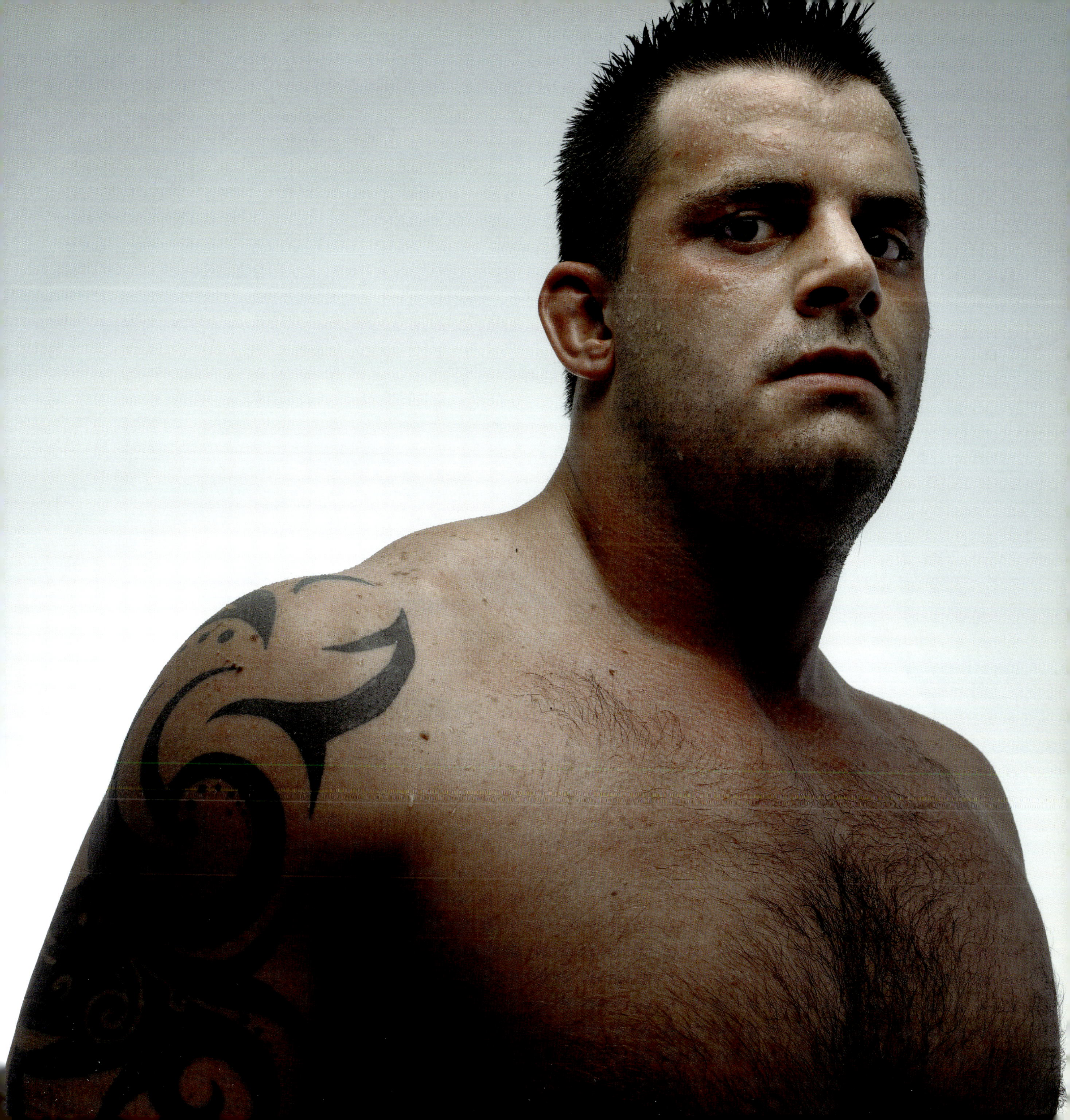

Kees Meeuws, Pilier

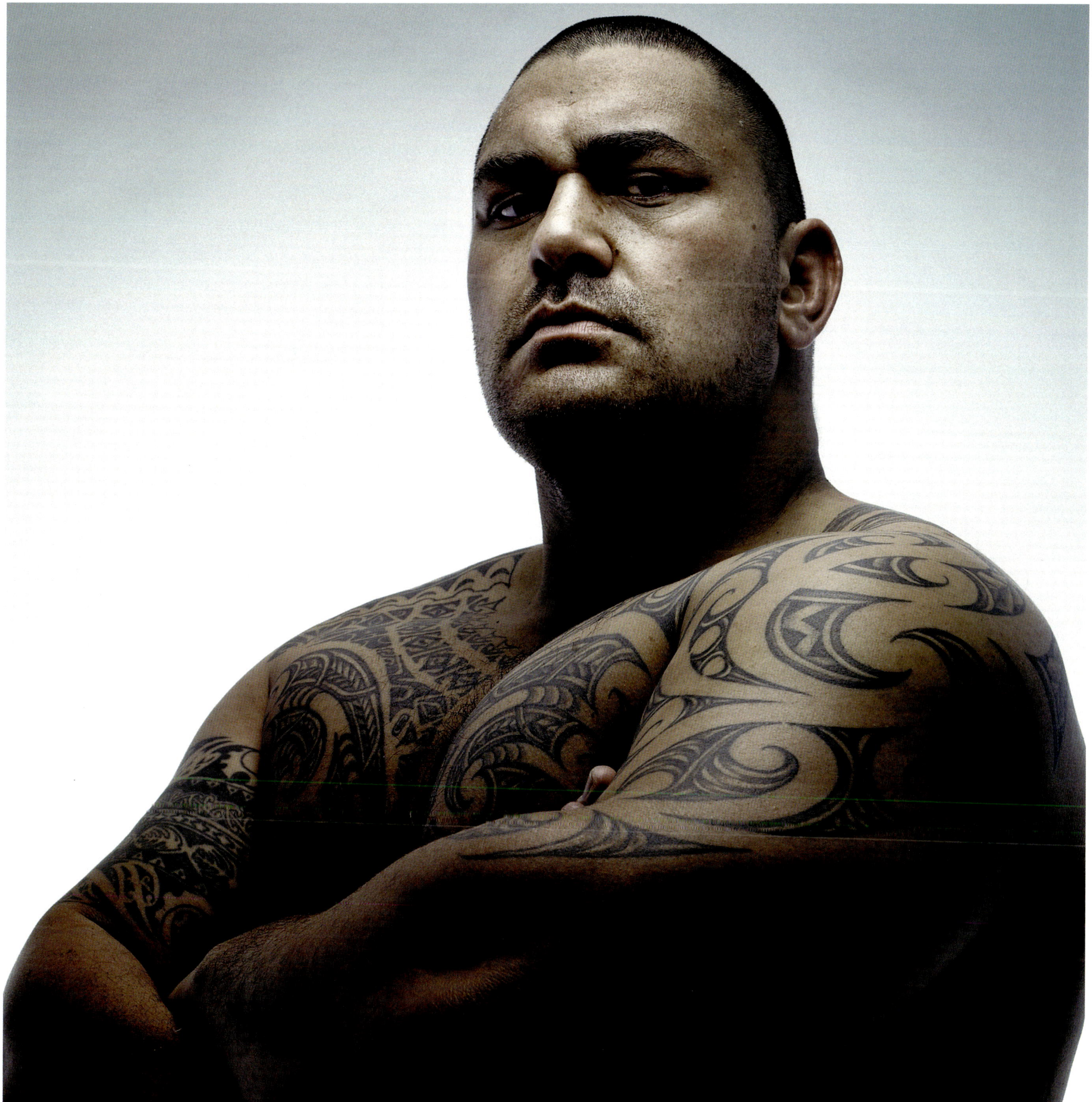

Lionel Nallet, 2ᵉ ligne

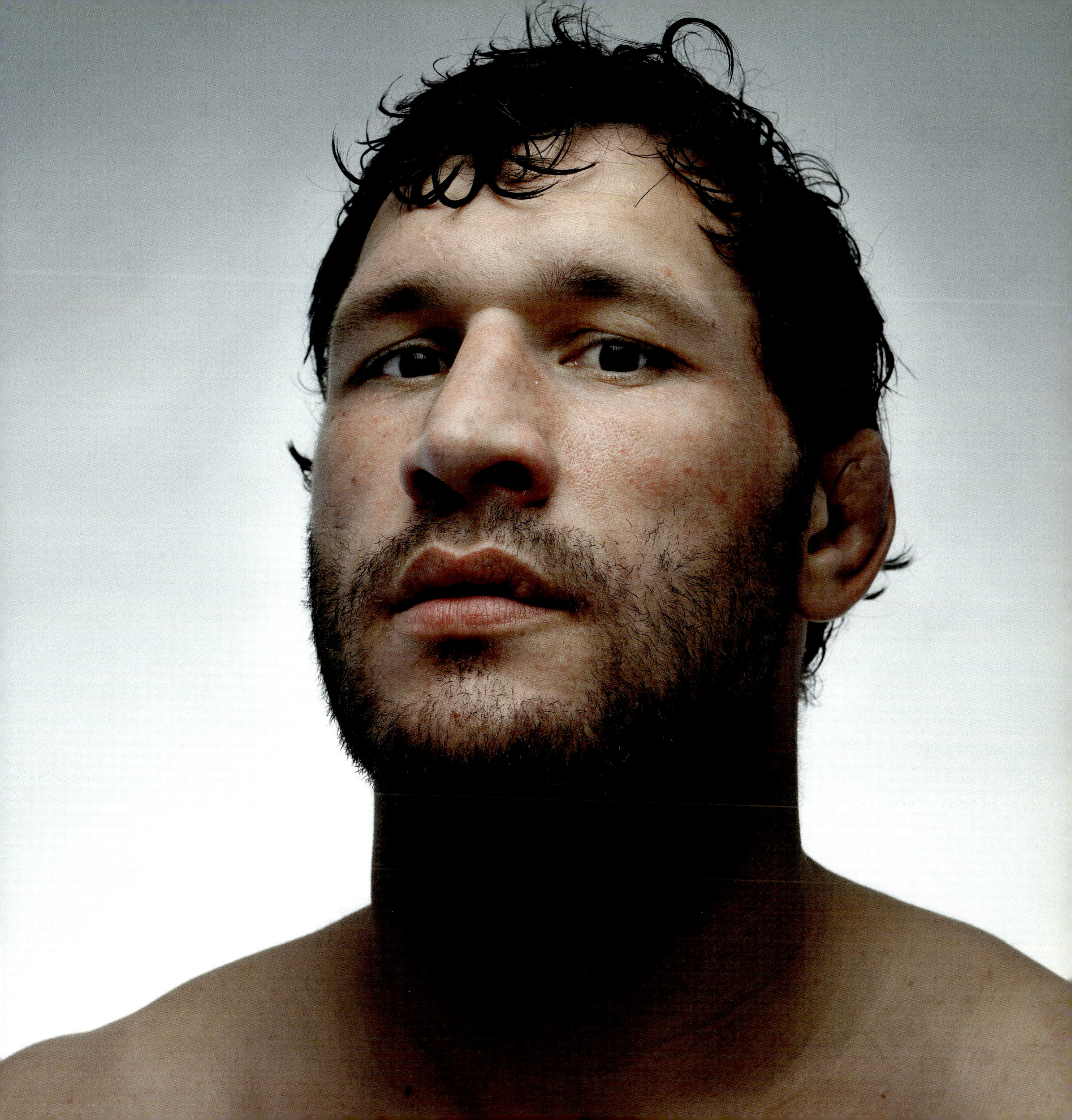

Florian Faure, 3ᵉ ligne

Laloala Milford, Ailier

Carl Hoeft, Pilier

Yann Delaigue, Ouvreur

David Roumieu, Talonneur

A.S.M. Clermont Auvergne. Michel Dieudé, 3ᵉ ligne. (Clermont / Castres 28 - 26)

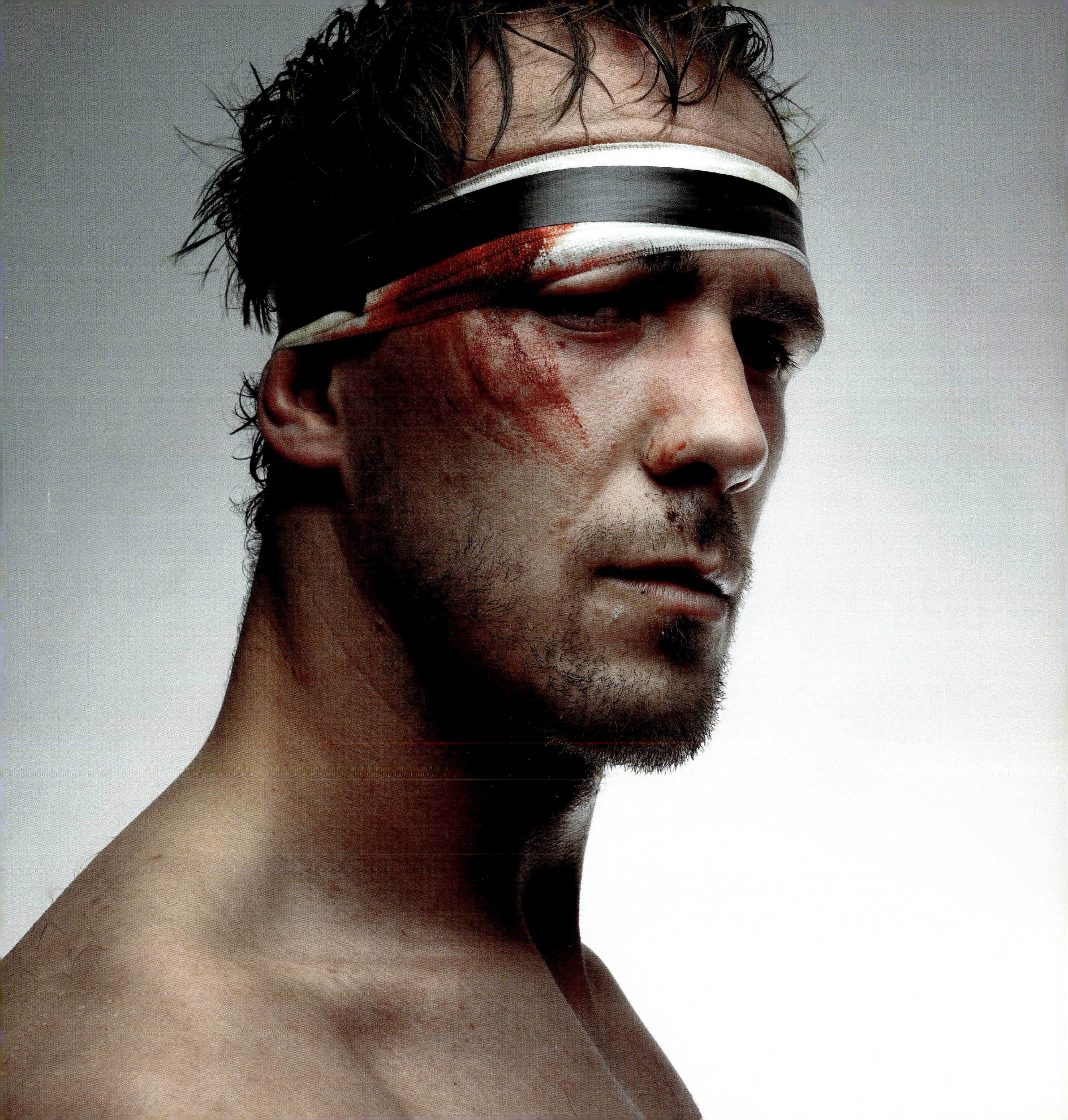

Davit Zirakashvili, Pilier

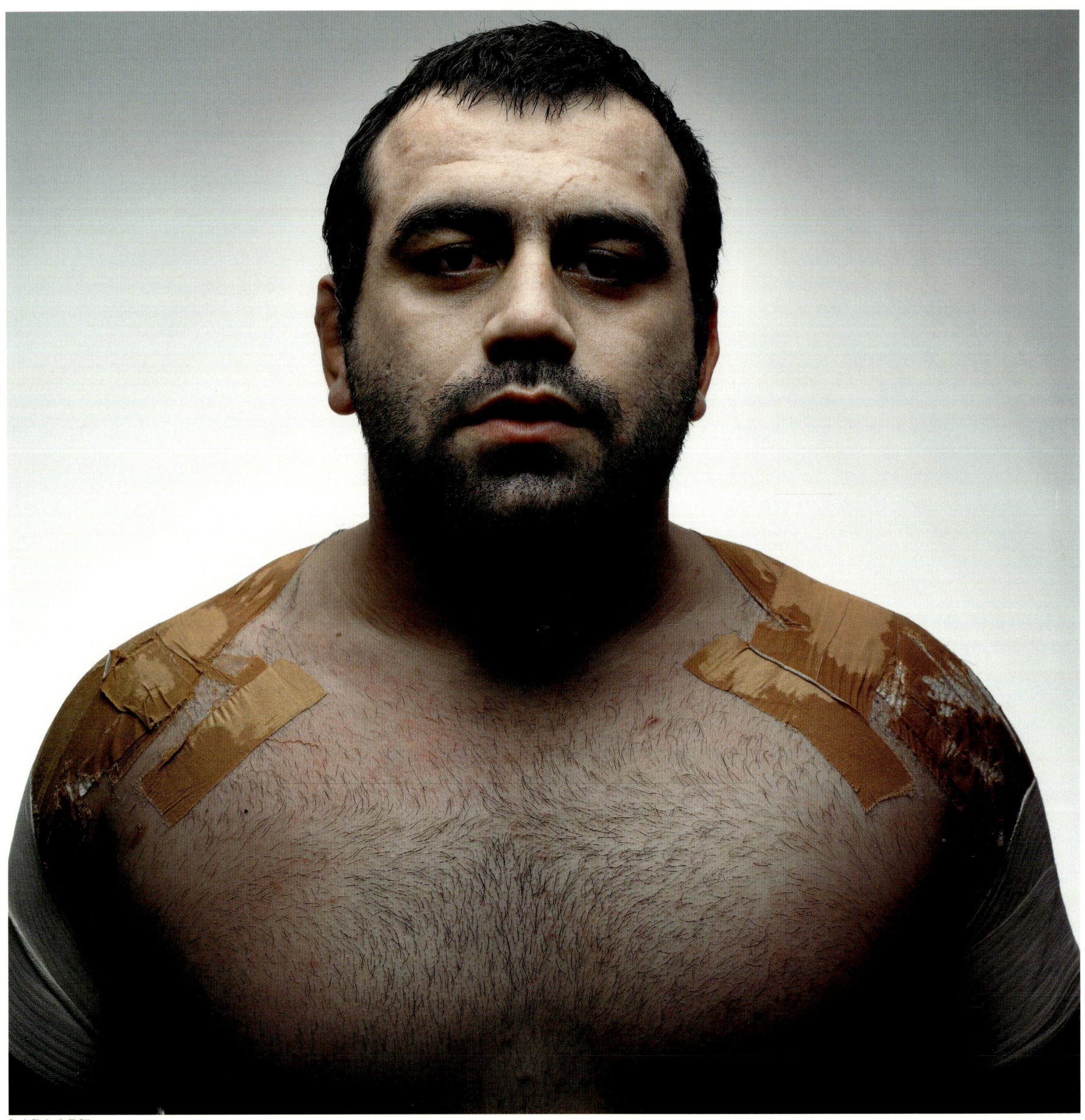

Goderzi Shvelidze, Pilier

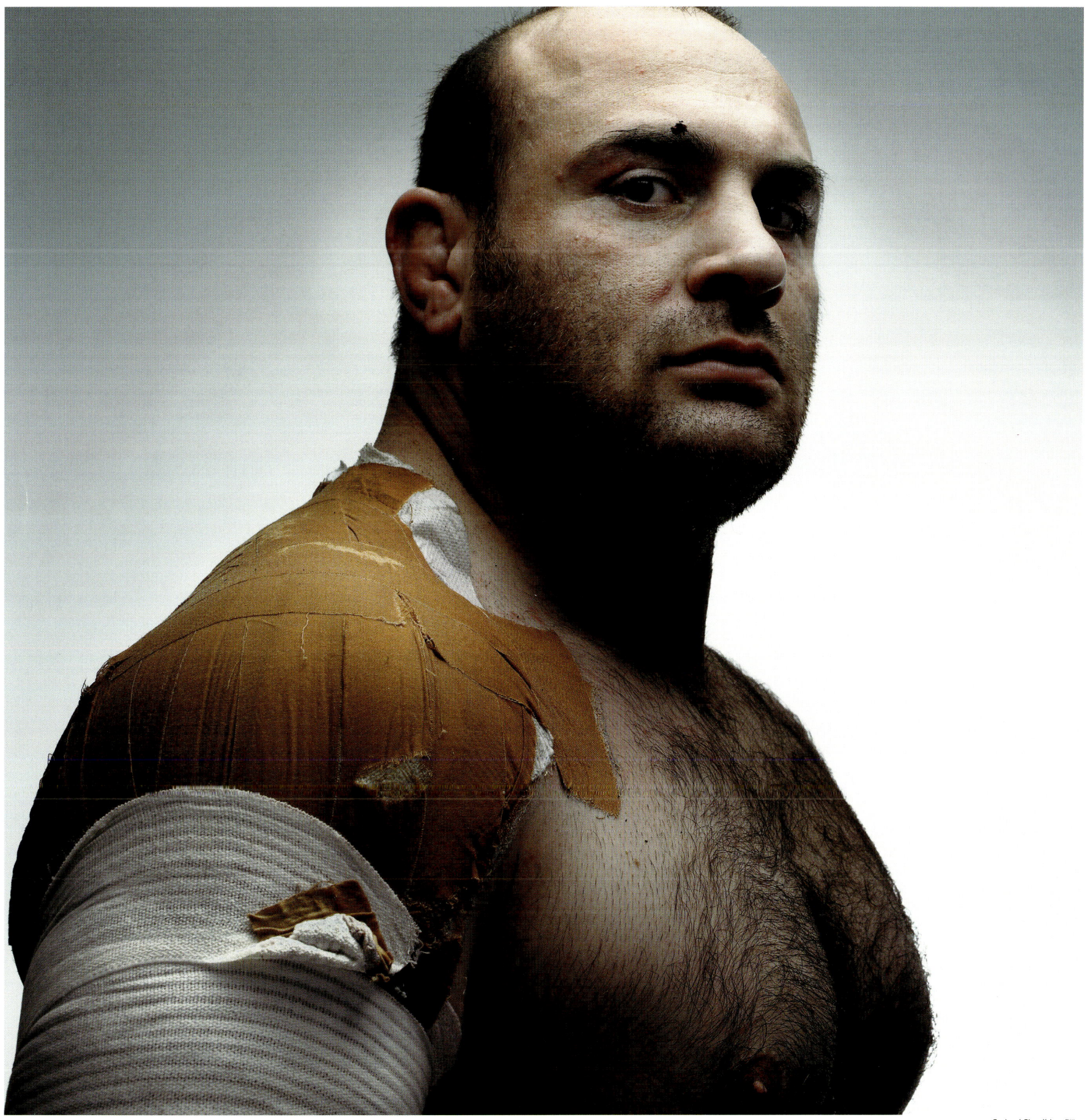

Aurélien Rougerie, Ailier

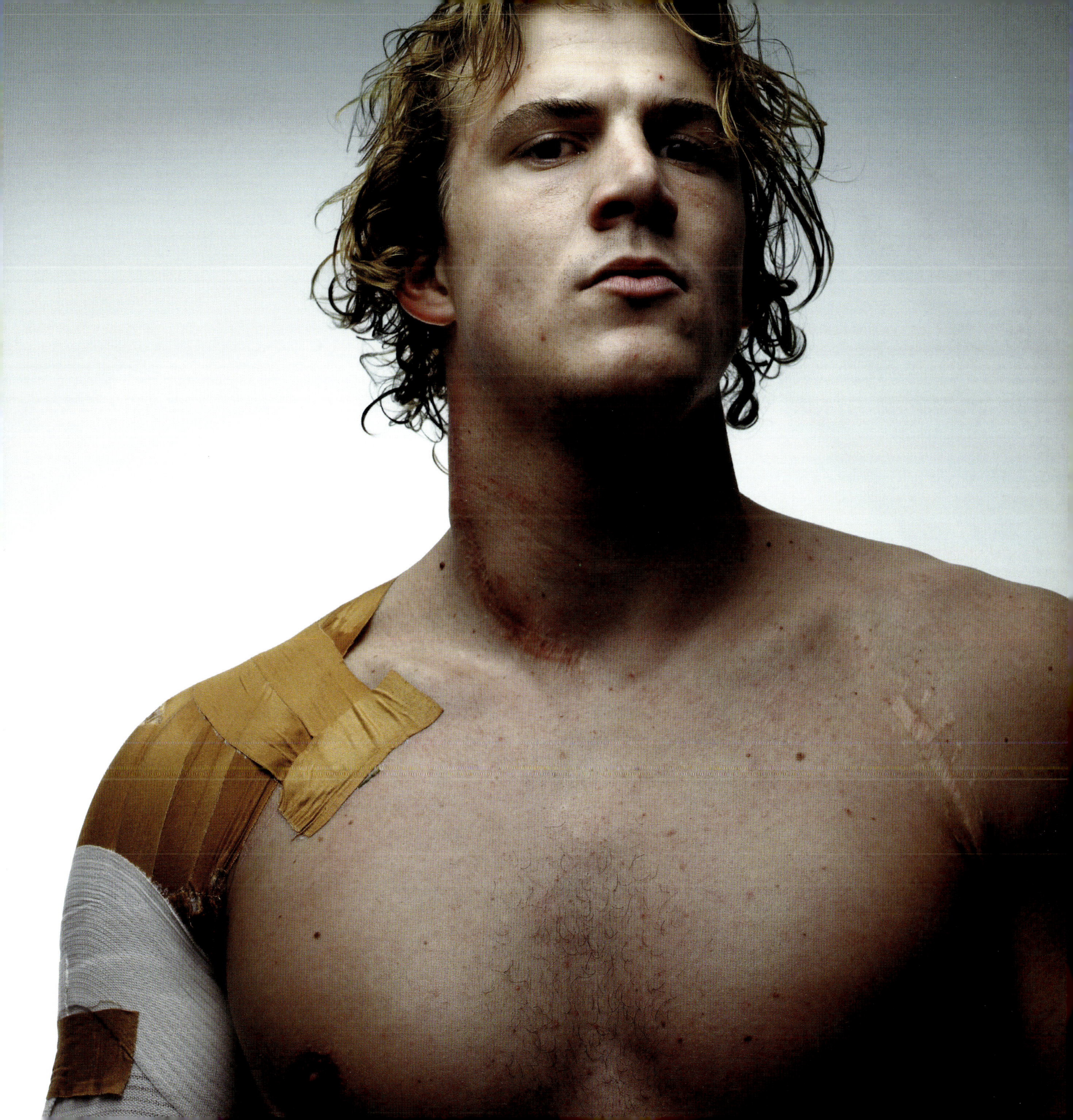

Pierre Mignoni, Demi de mêlée

Thibaut Privat, 2e ligne

Sam Broomhall, 3e ligne

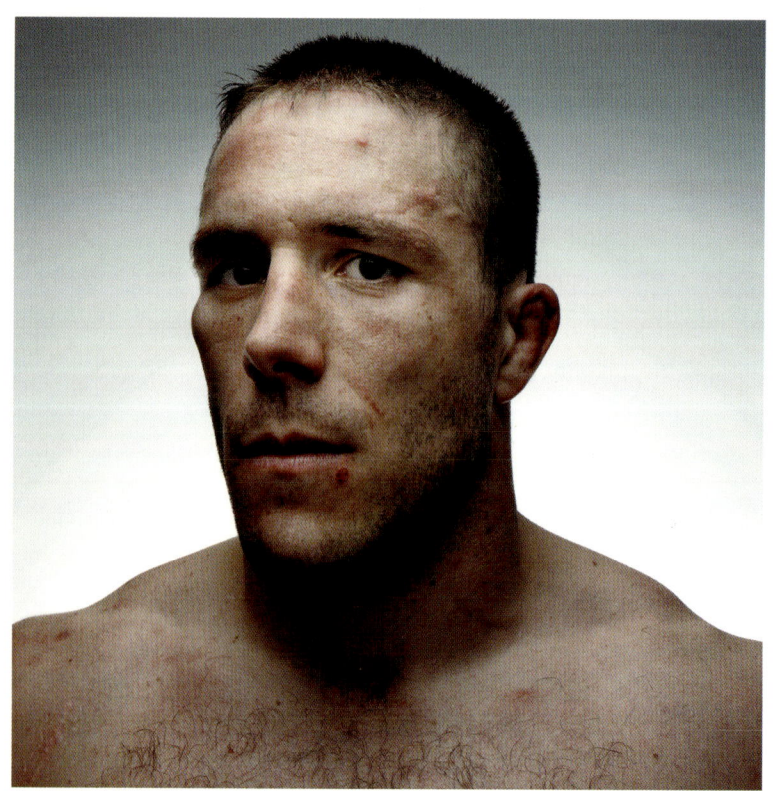

Alexandre Audebert, 3e ligne

Gonzalo Canale, Centre

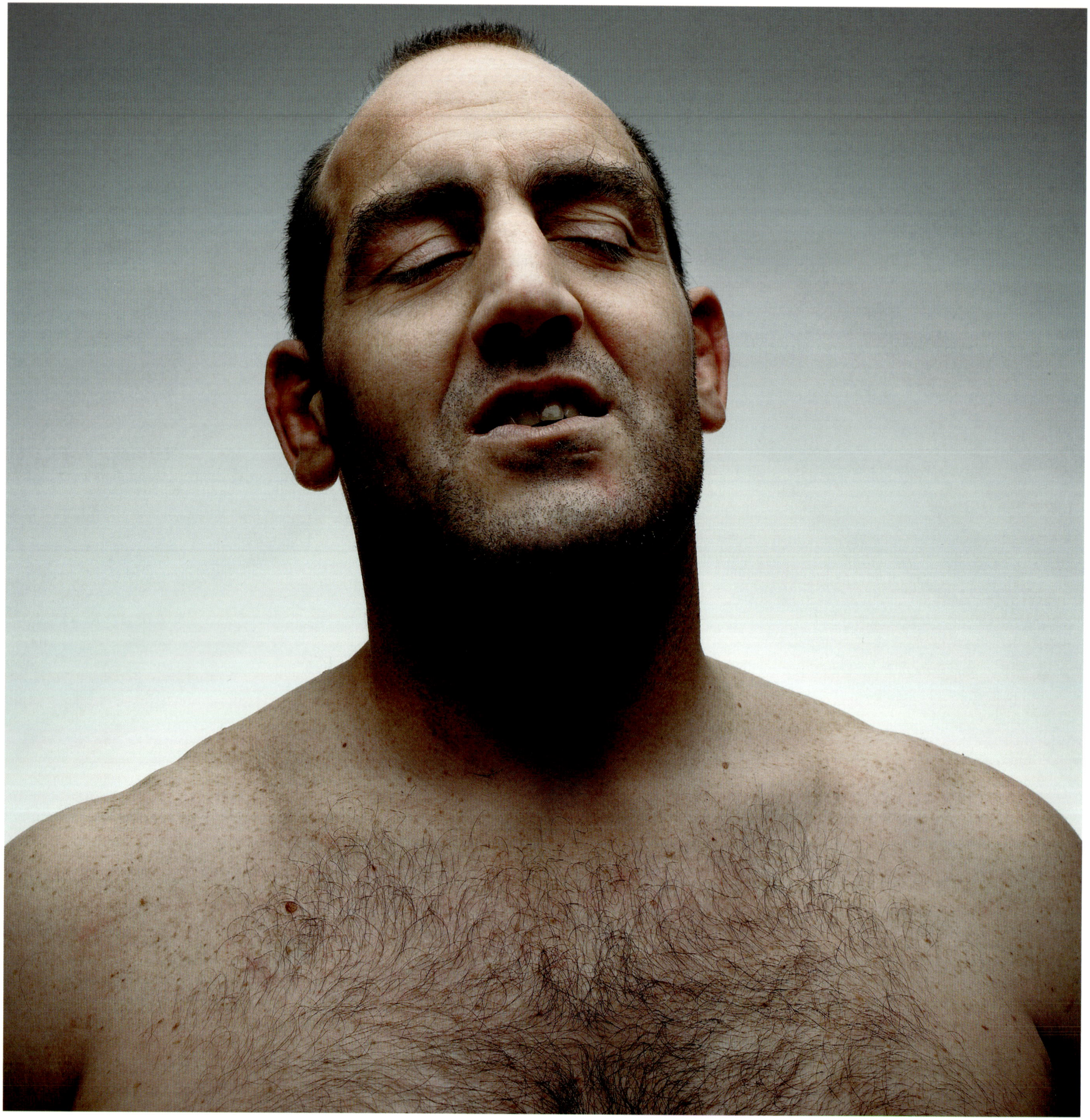

Mario Ledesma, Talonneur

Mathieu Badel, Pilier

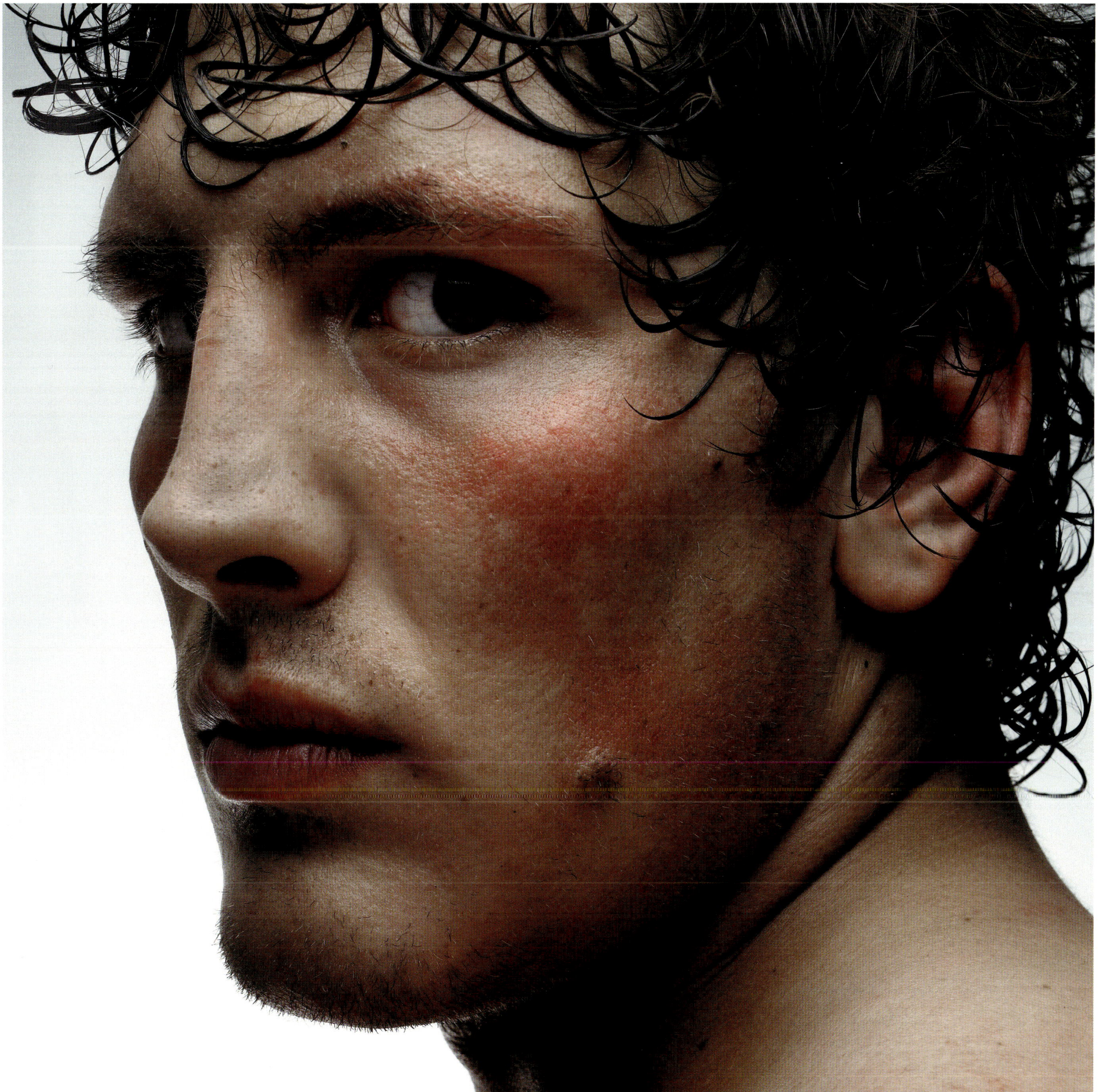

Pierre-Emmanuel Garcia, Centre

Stephen Jones, Ouvreur

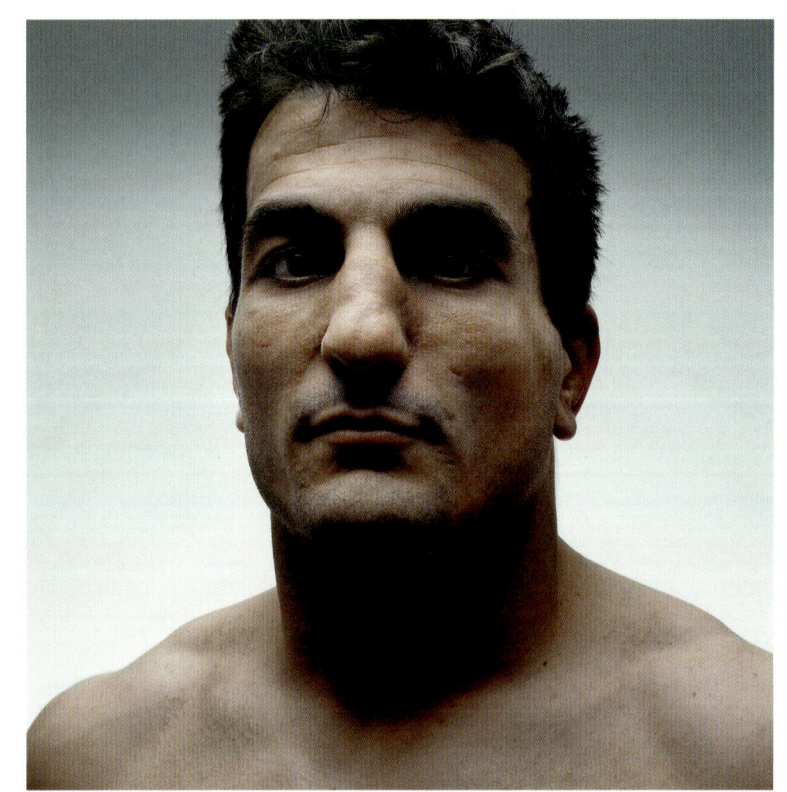

Raphaël Chanal, Centre

Pierre Vigouroux, 3ᵉ ligne

David Barrier, 2e ligne

Montpellier Hérault Rugby Club. John Daniell, 2ᵉ ligne. (Montpellier / Clermont 42 - 13)

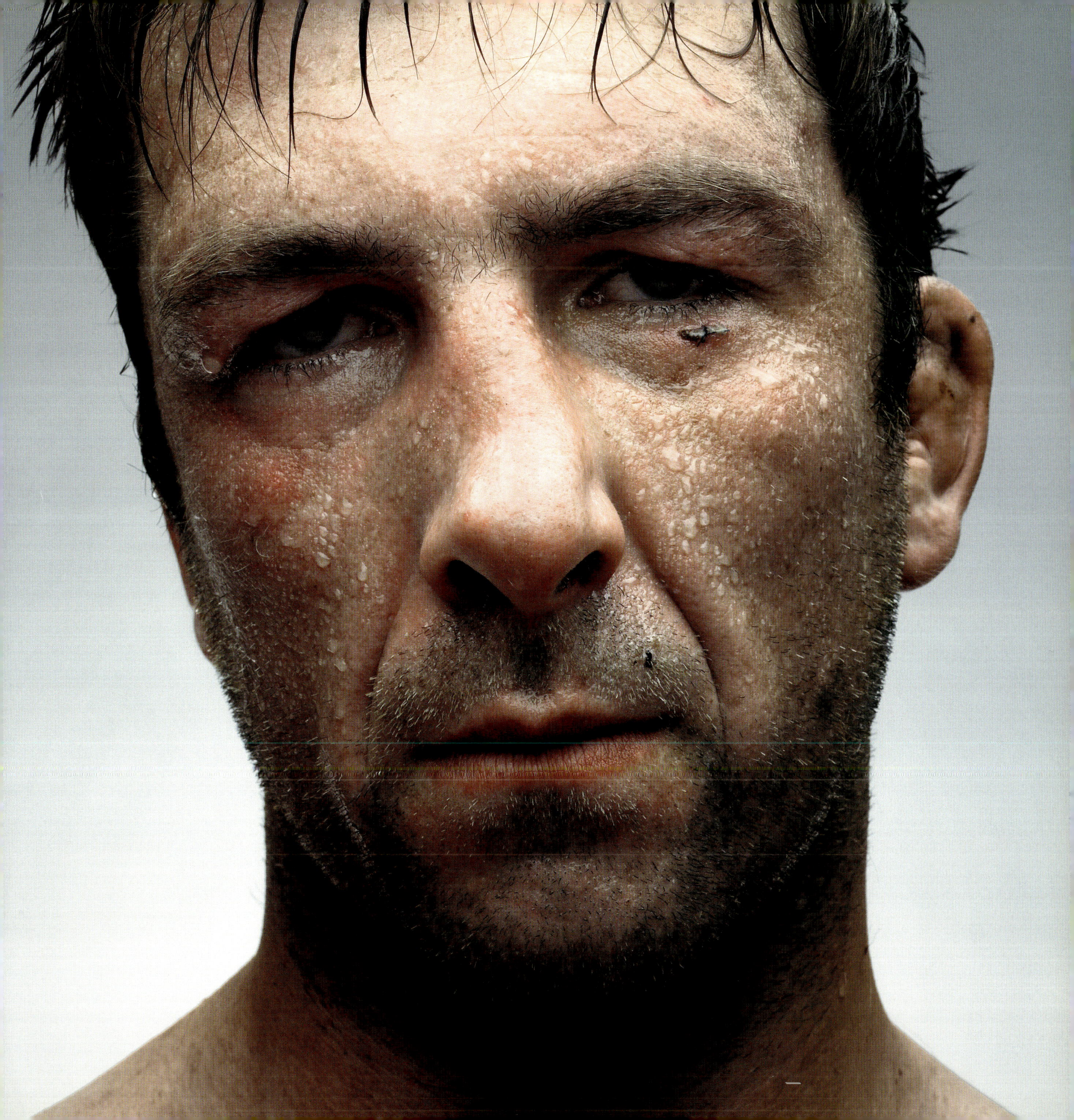

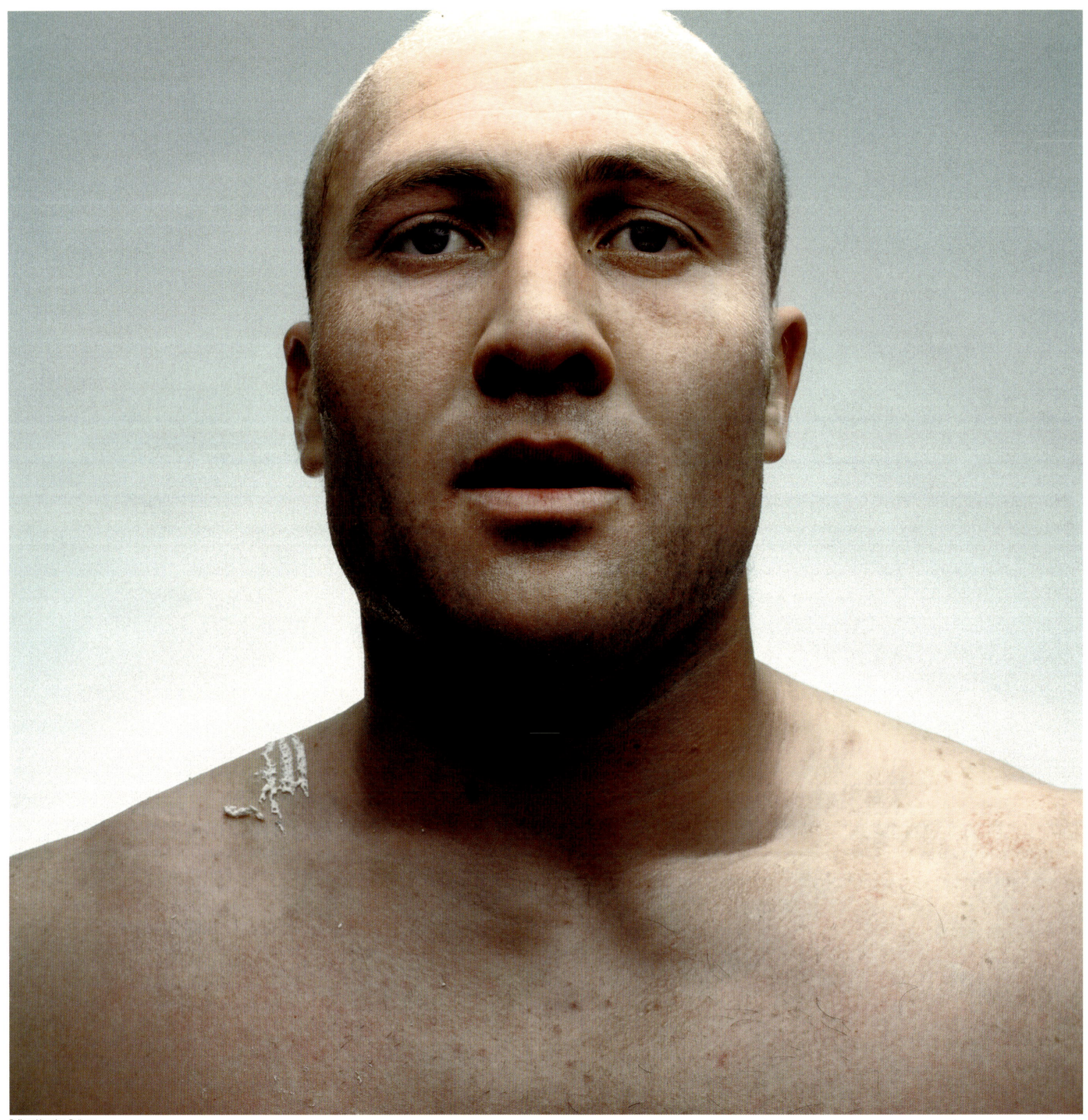

Drikus Hancke, 2e ligne

Clément Baïocco, Pilier

Jérôme Vallée, 3e ligne

Laurent Arbo, Ailier

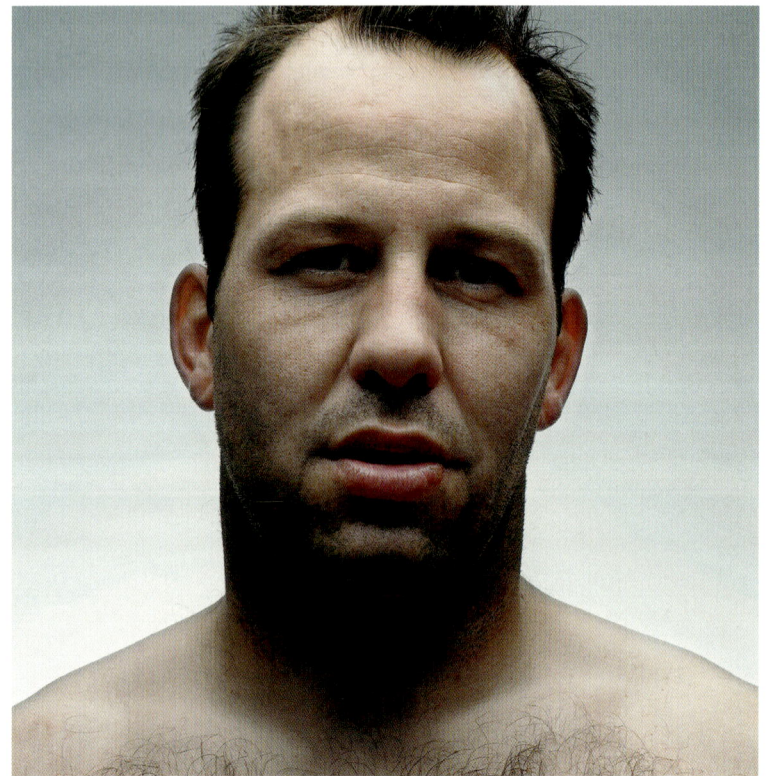

David Aucagne, Ouvreur

Sébastien Buada, Demi de mêlée

Régis Lespinas, Ouvreur

Anthony Vigna, Pilier

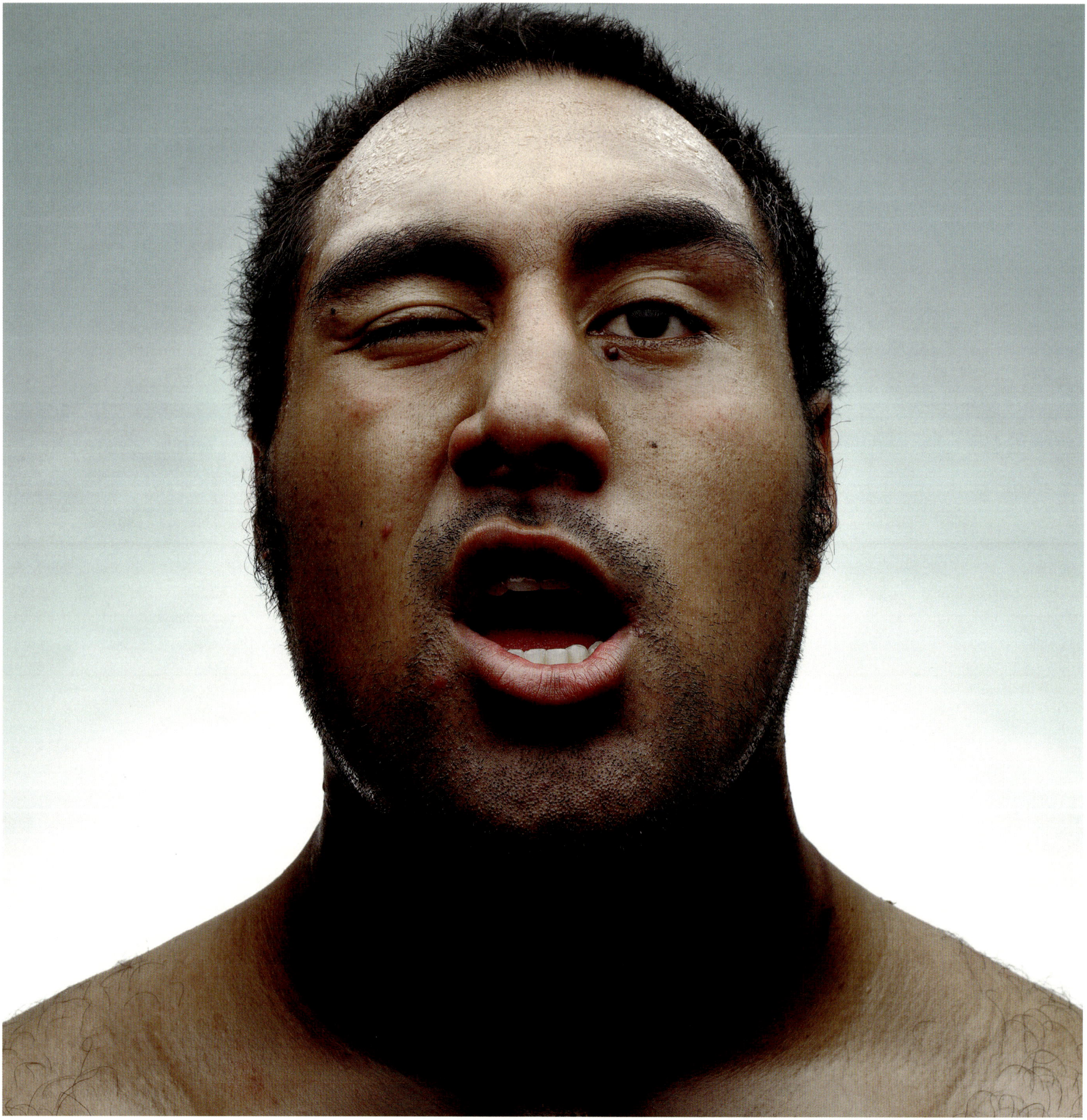

Philemon Toleafoa, Pilier

R.C. Narbonne Méditerranée. Renaud Palomera, Pilier. (Narbonne / Castres 41 - 10)

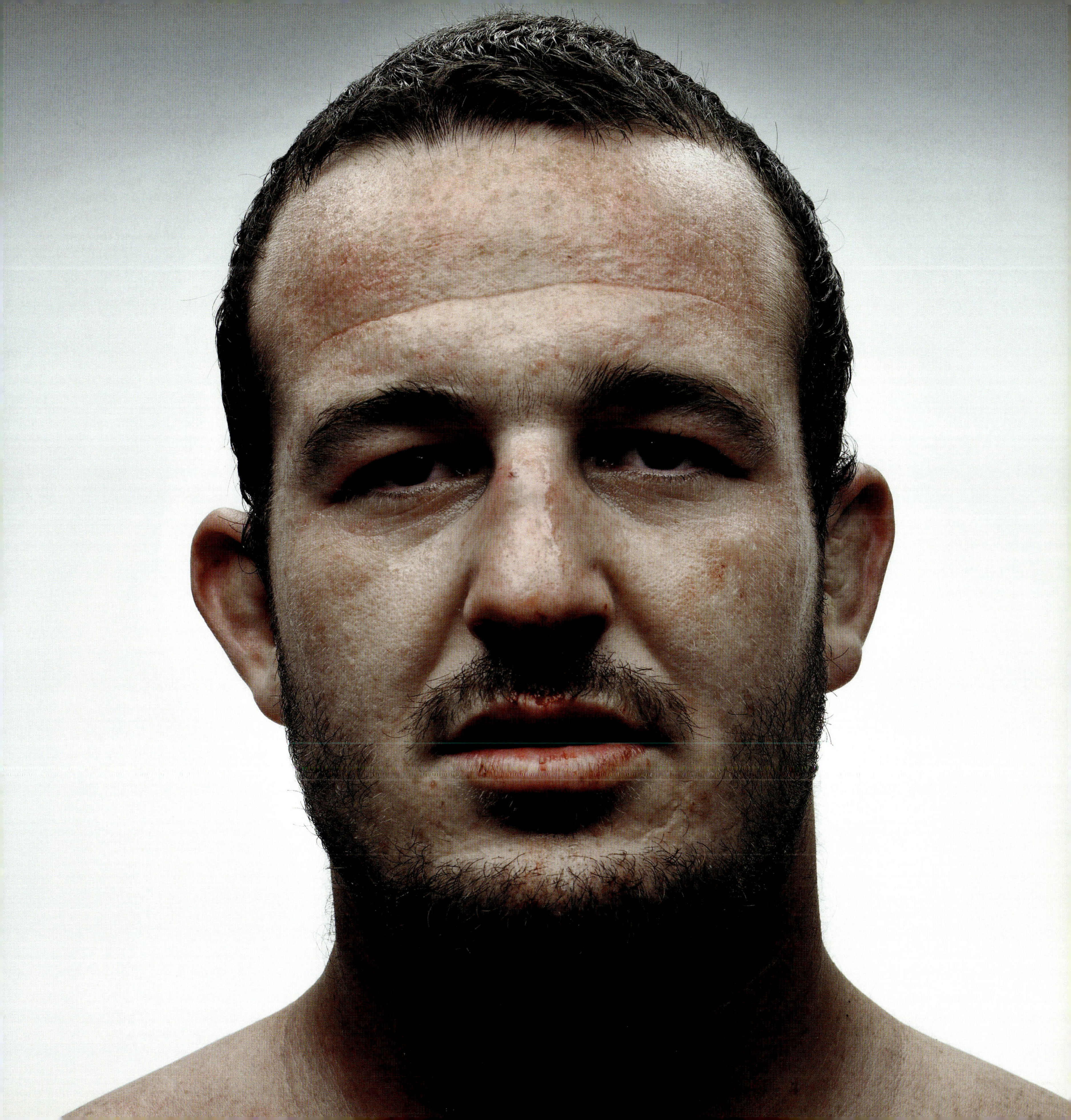

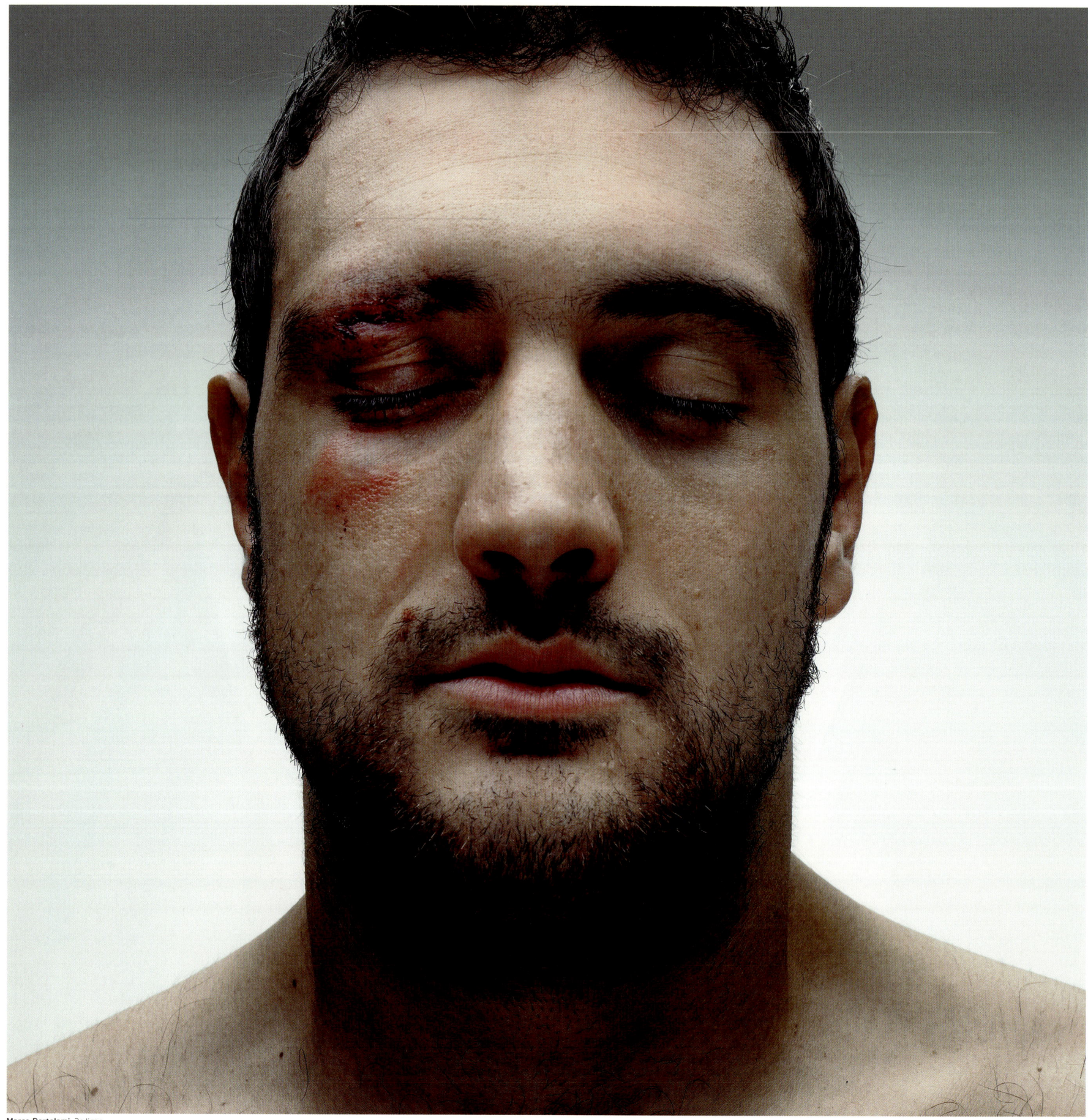

Marco Bortolami, 2e ligne

Jean-Marie Bisaro, 3ᵉ ligne

Julien Candelon, Ailier

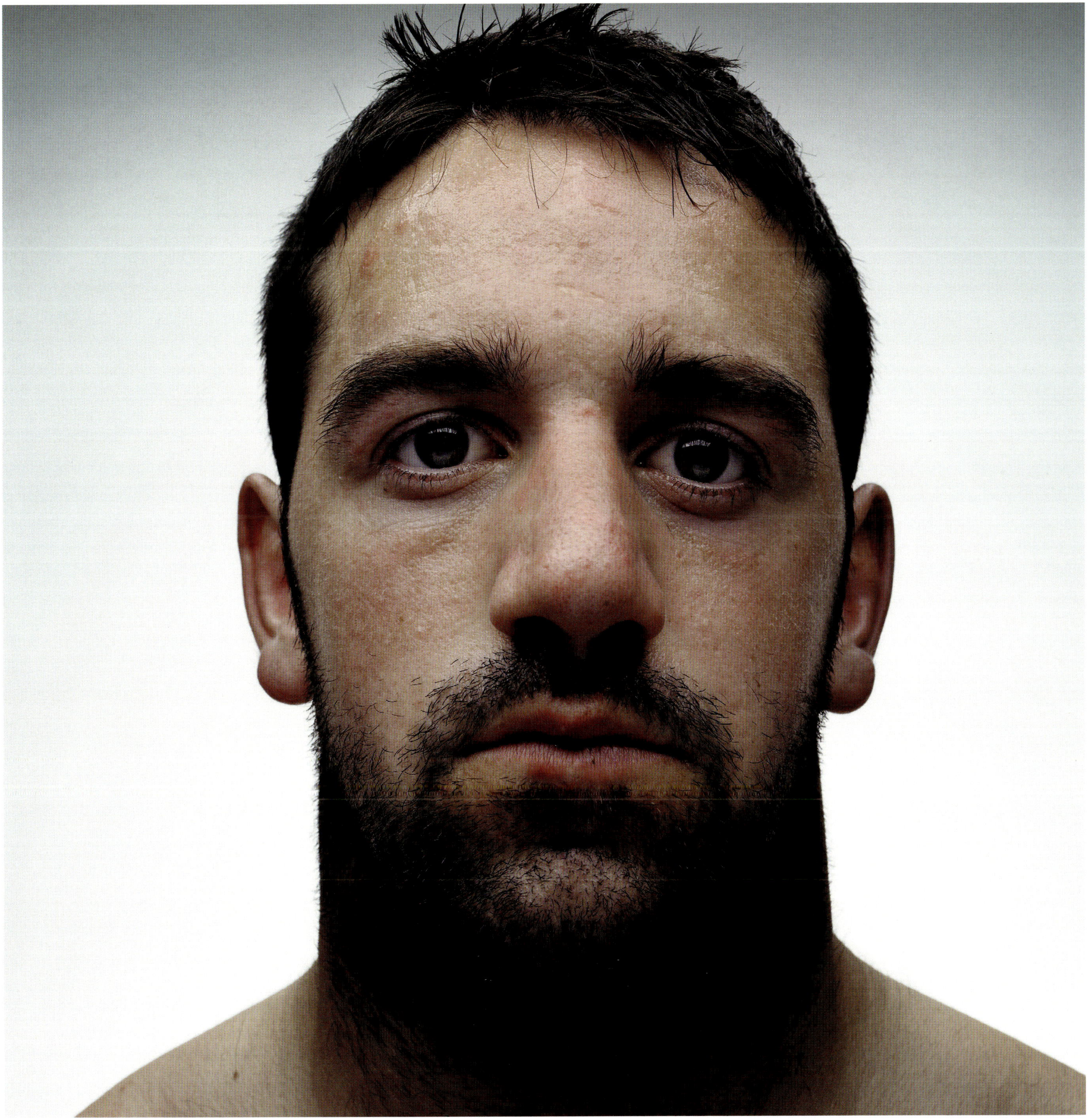

Christian Labit, 3ᵉ ligne

Franck Tournaire, Pilier

Dwayne Haare, 3ᵉ ligne

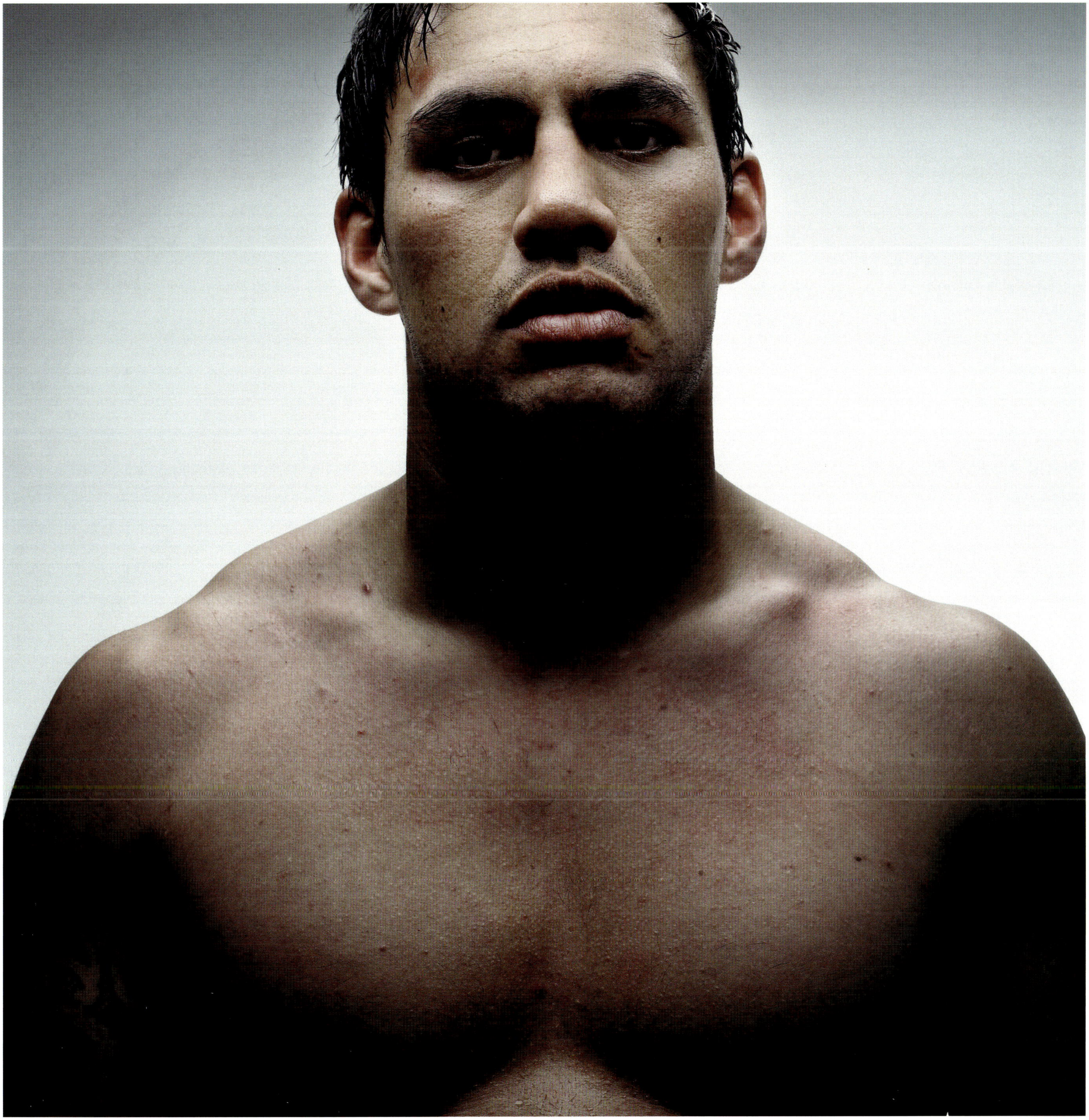

David Hunter, 3ᵉ ligne

Cédric Desbrosse, Centre

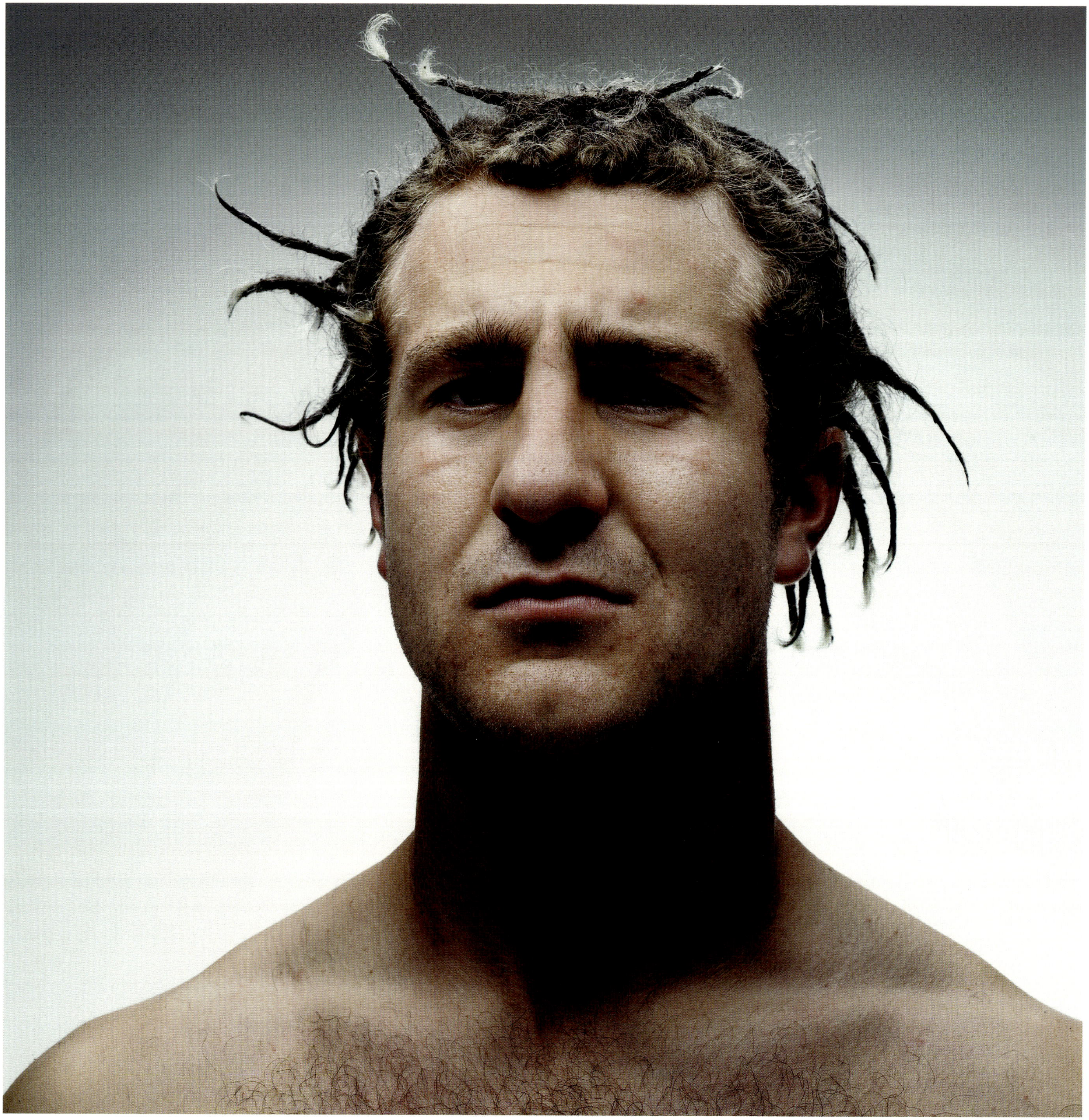

Julien Seron, Demi de mêlée

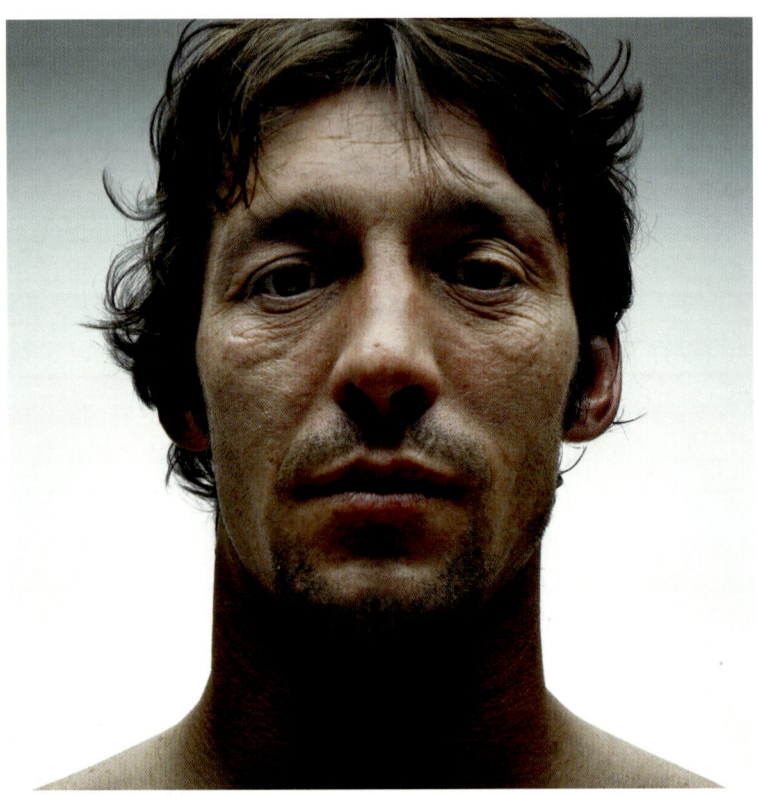

Laurent Balue, Demi de mêlée

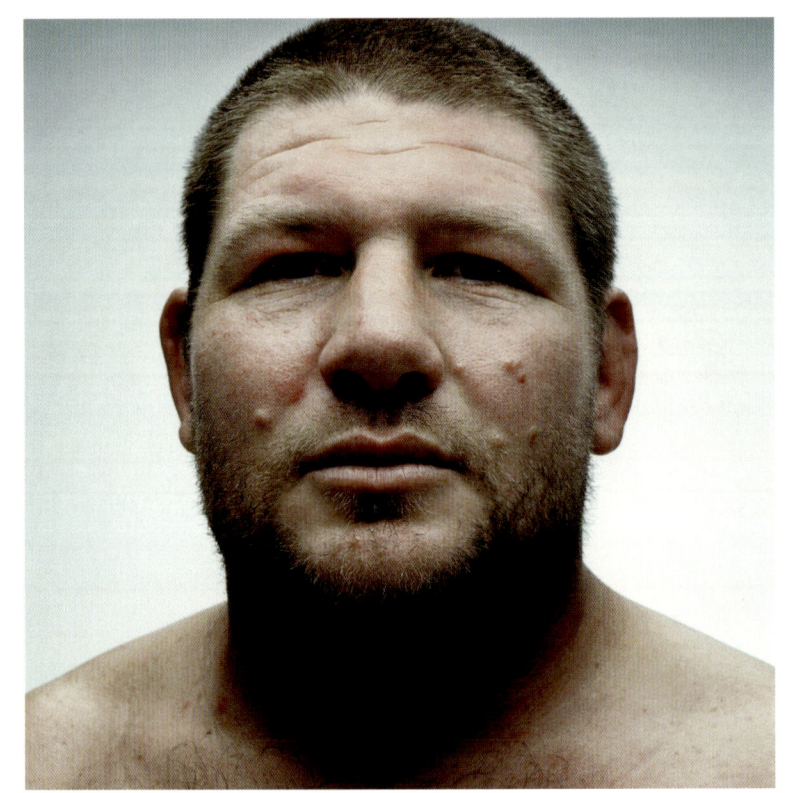

Jason Hooper, Pilier

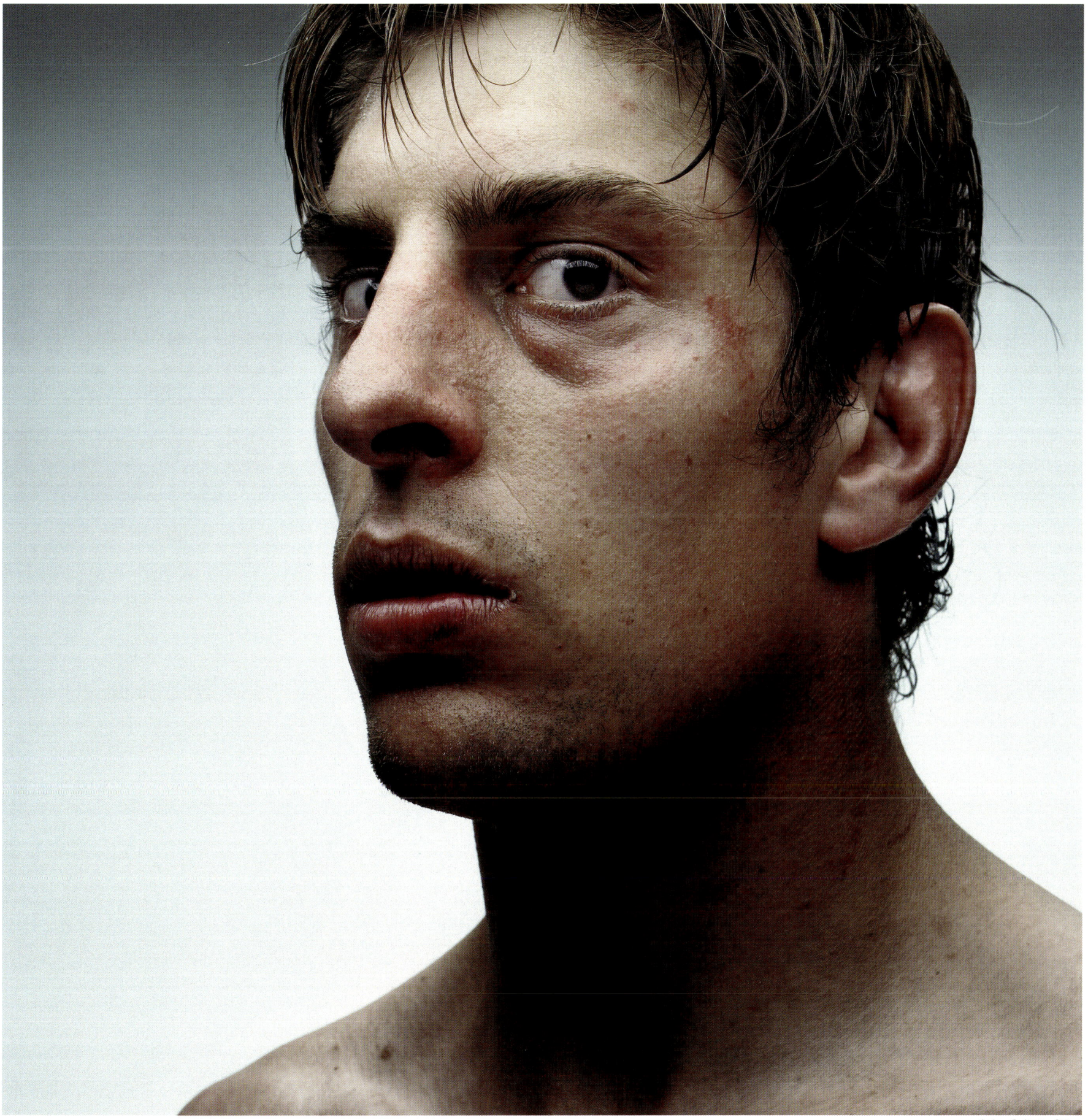

Andrew Springgay, 2ᵉ ligne

Stade Français Paris. Mauro Bergamasco, 3e ligne. (Stade Français / Clermont 28 - 15)

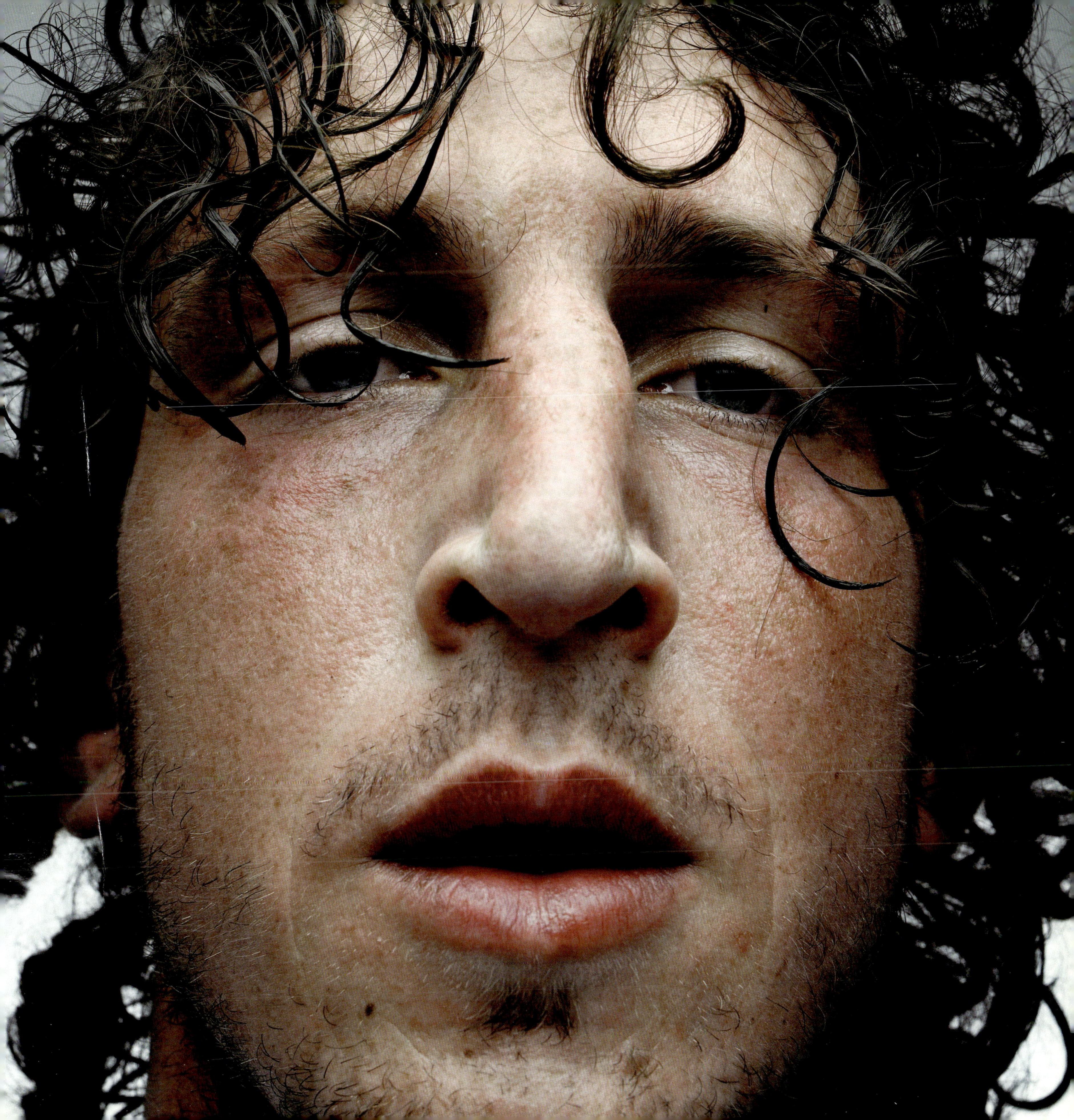

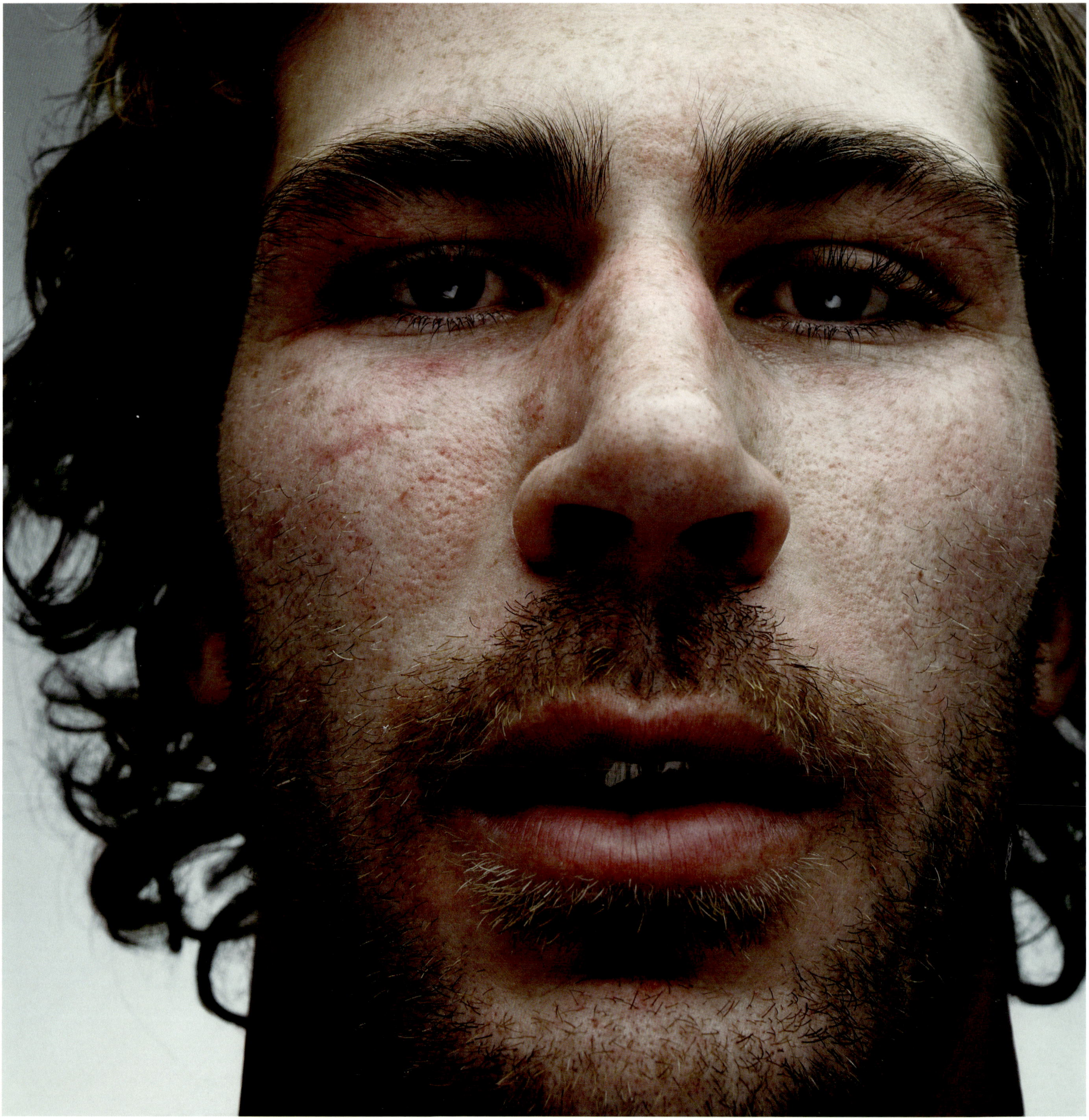

Shaun Sowerby, 3ᵉ ligne

Pieter de Villiers, Pilier

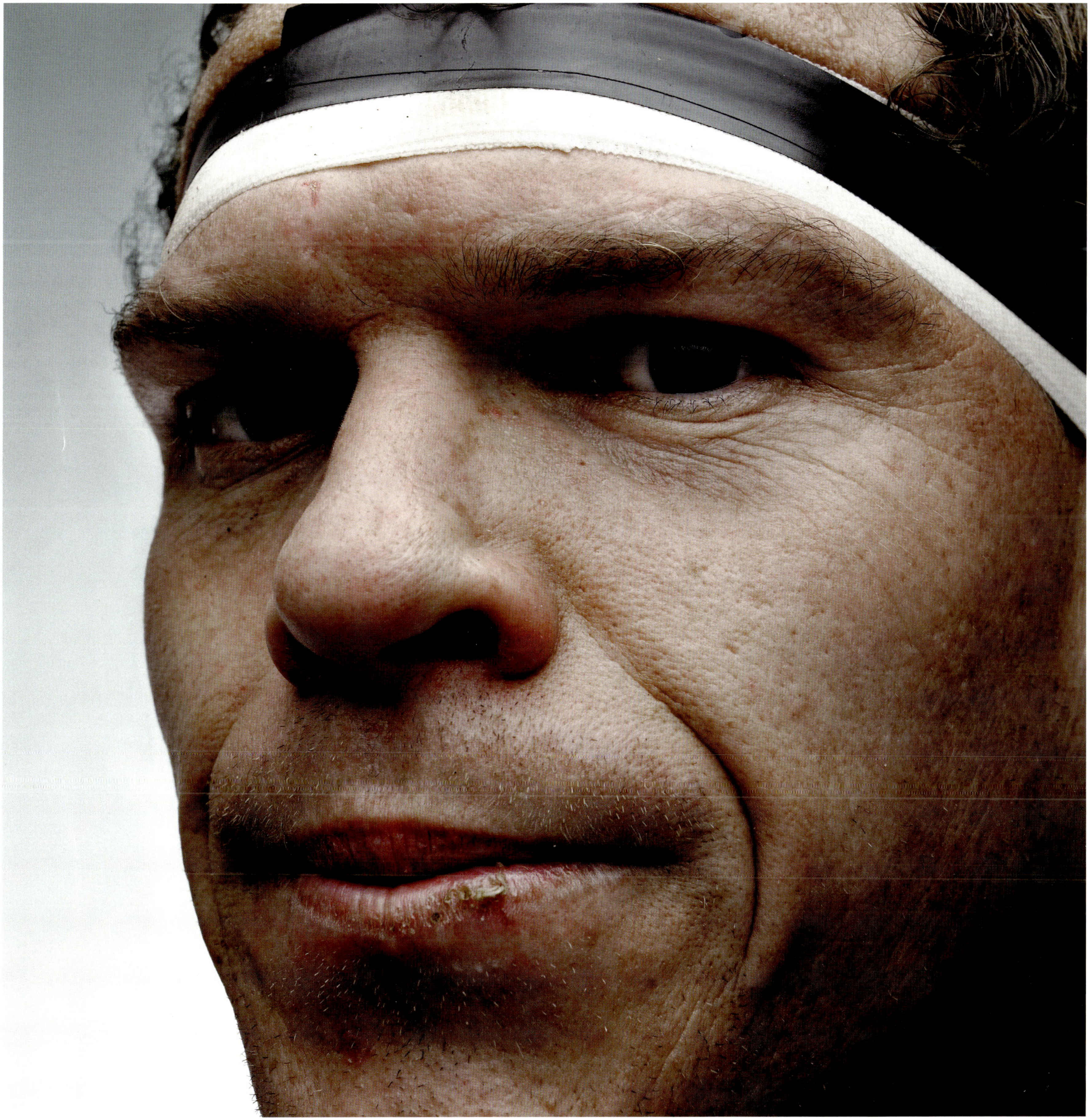

David Skrela, Ouvreur

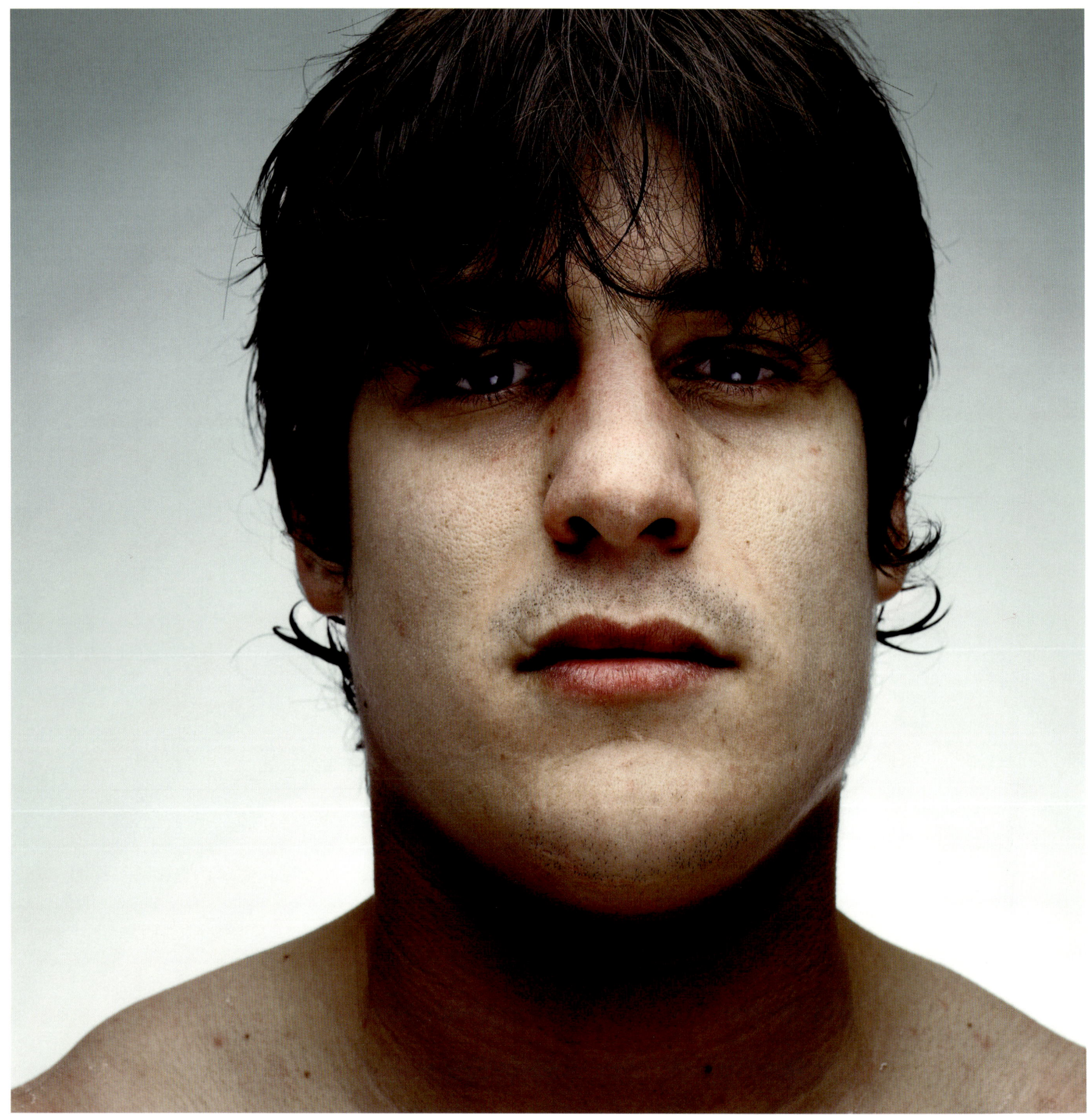

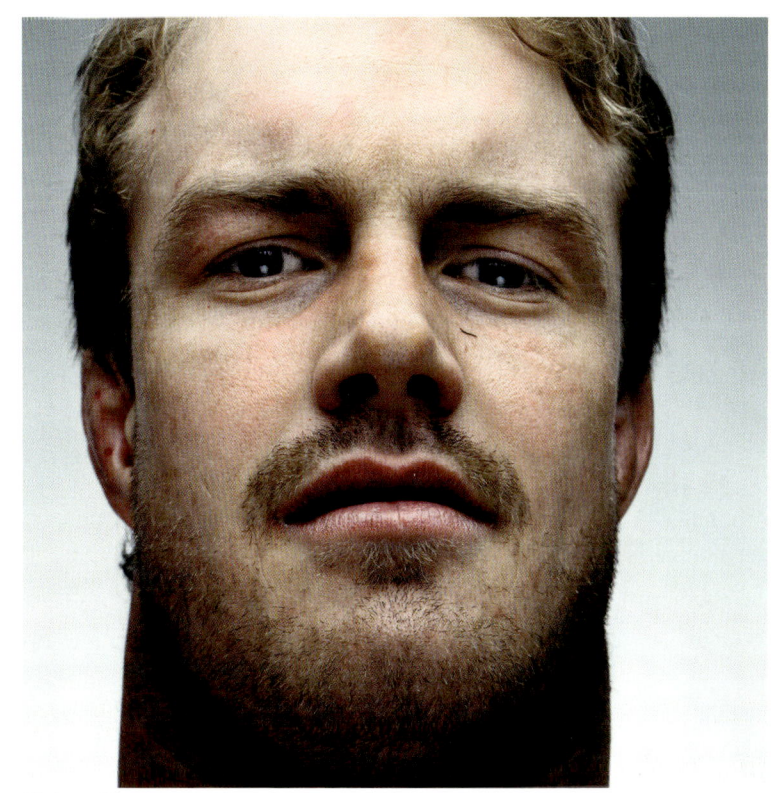

Sylvain Marconnet, Pilier

Mike James, 2ᵉ ligne

Section Paloise. Romain Cabannes, Centre. (Pau / Biarritz 26 - 20)

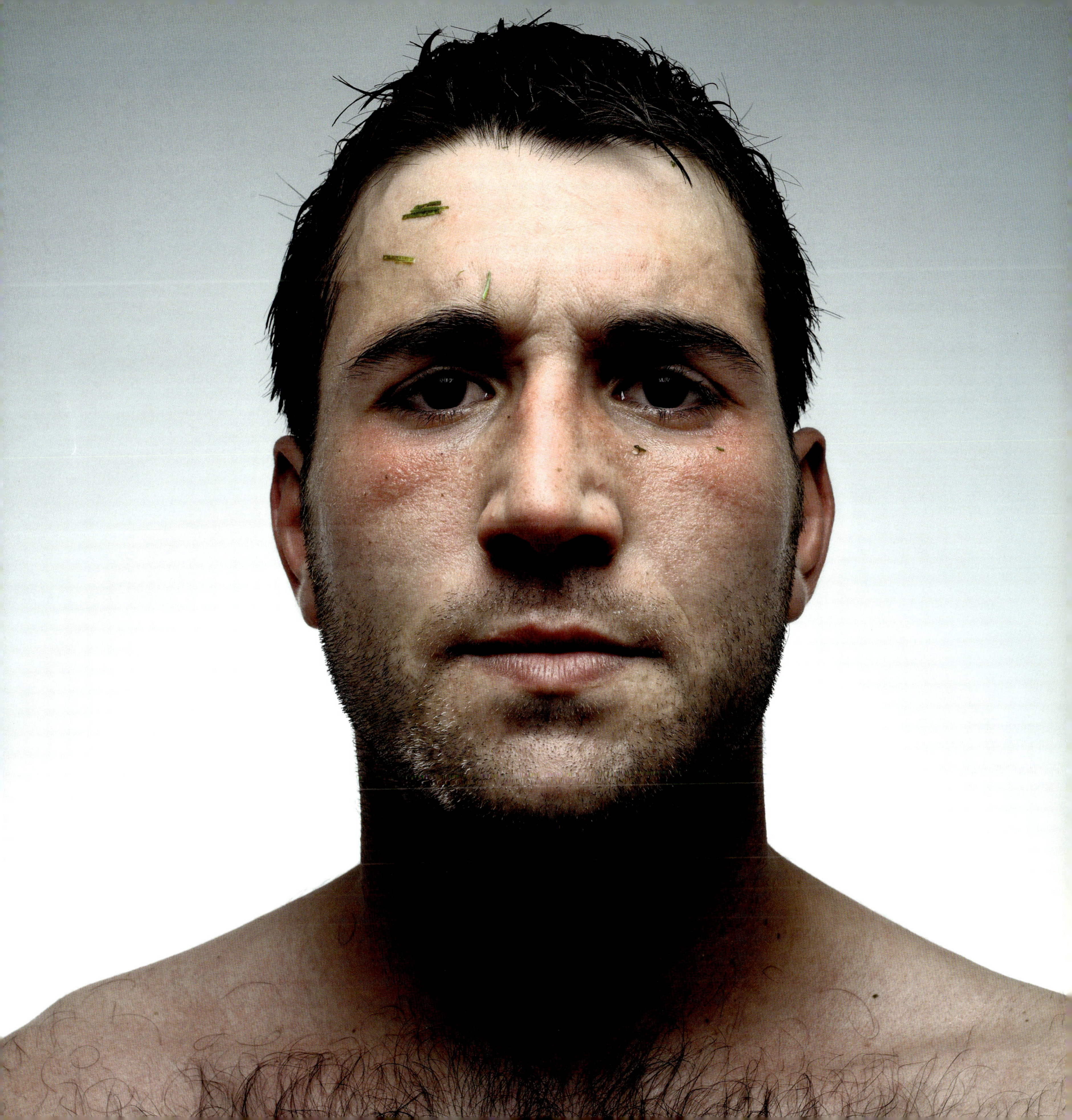

Brendon Daniel, Ailier

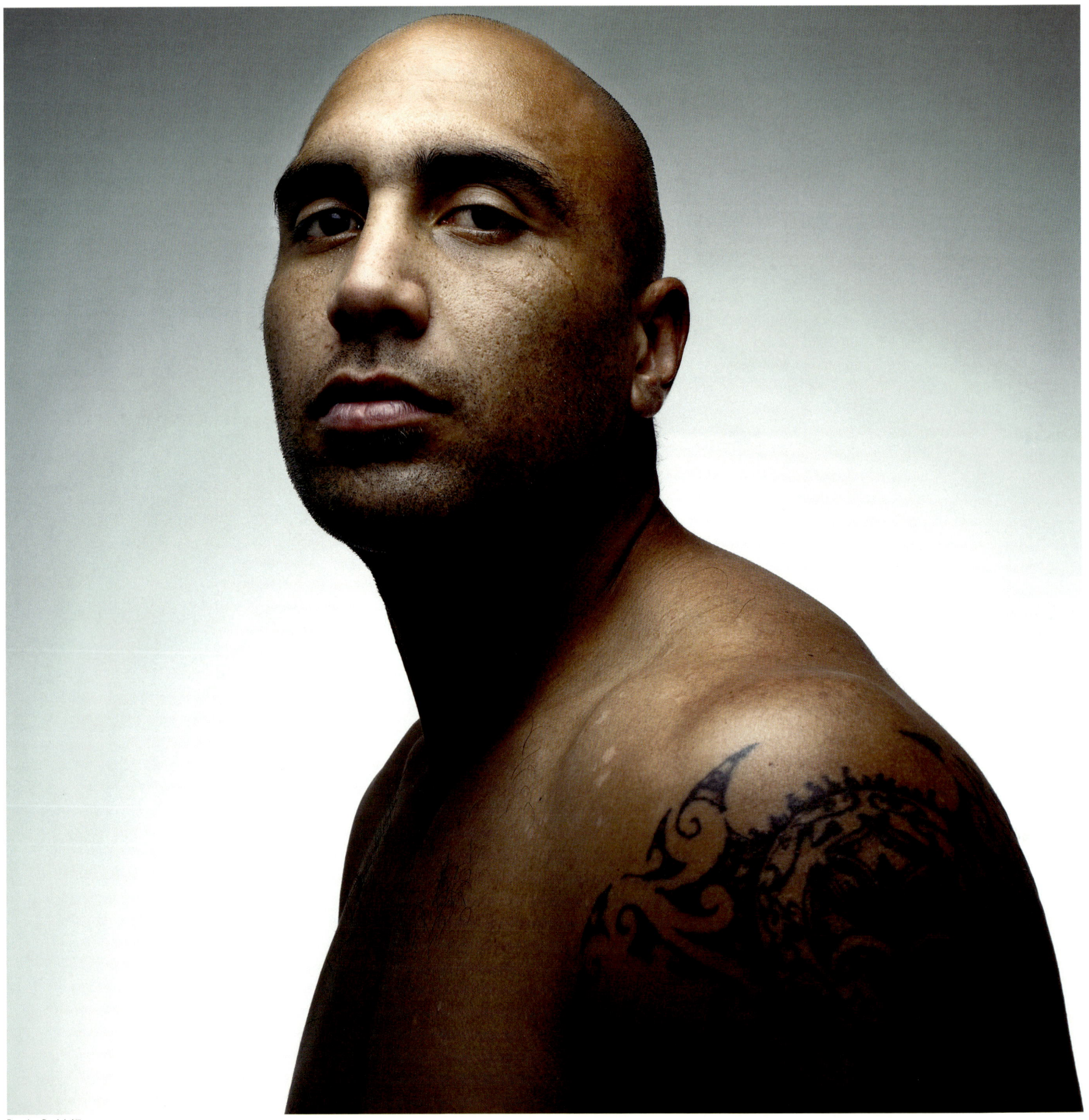

Ace Tiatia, Talonneur

Iulian Dumitras, Arrière

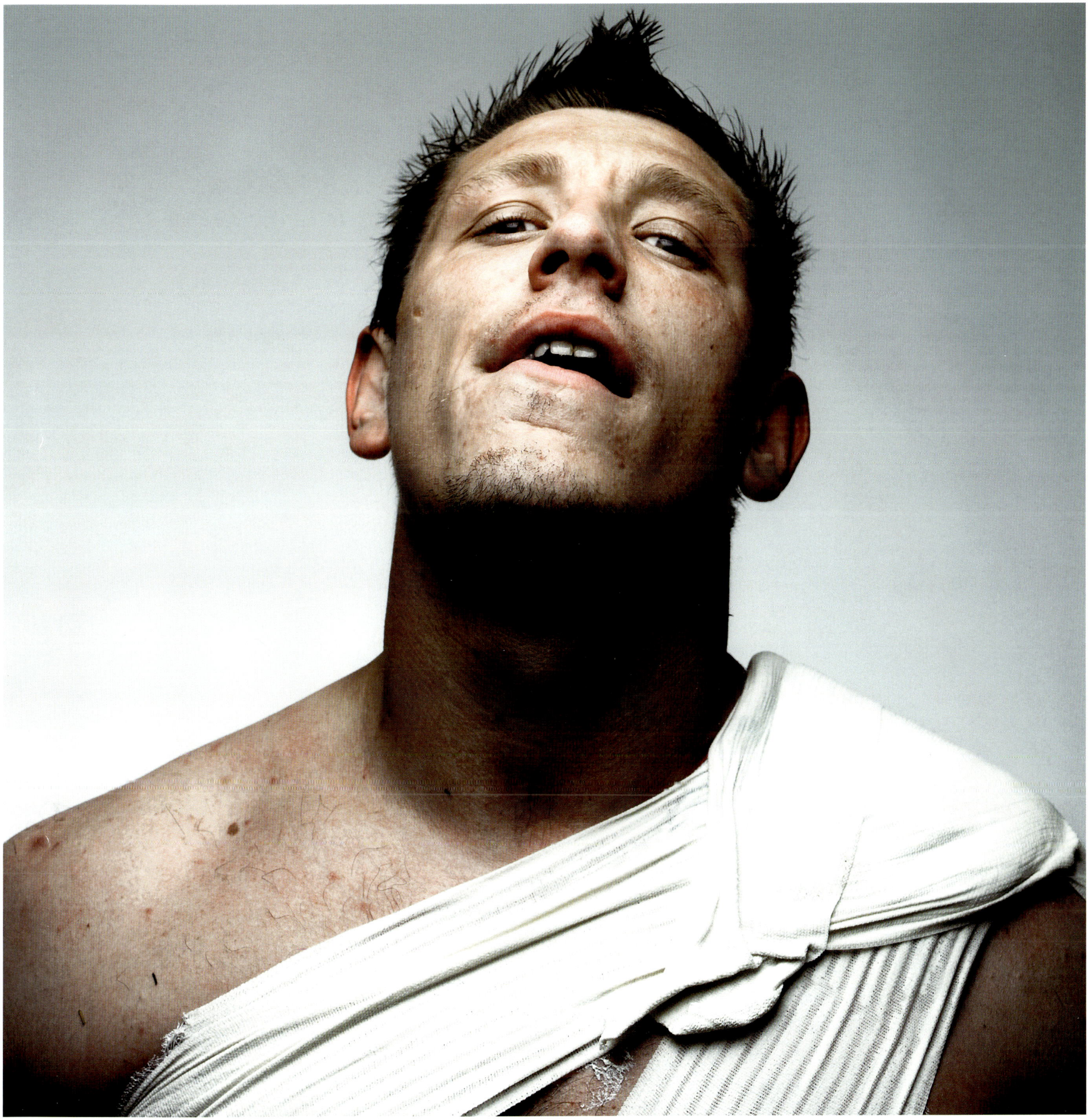

Lionel Beauxis, Ouvreur

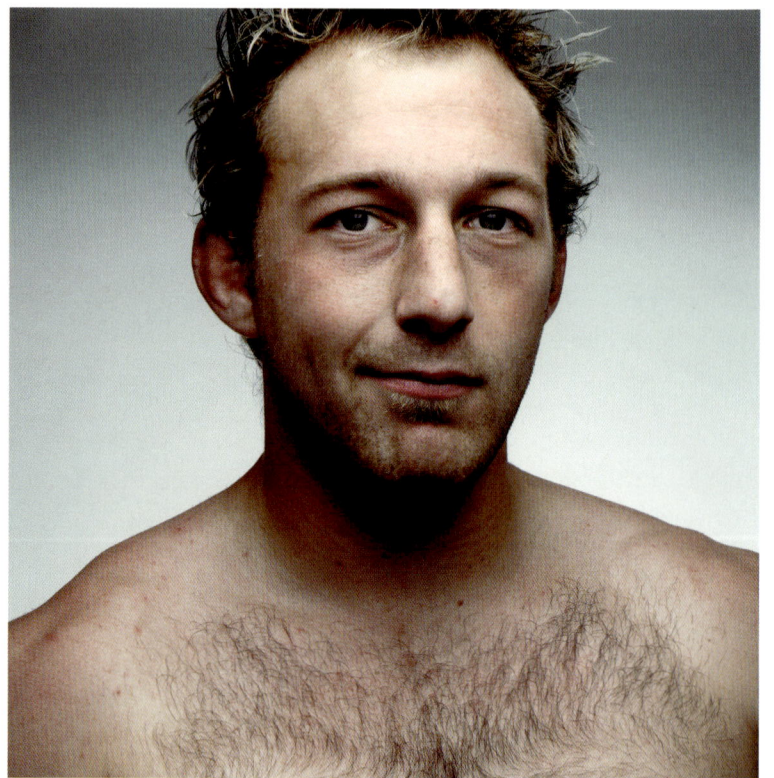

Karl Rudzki, 2ᵉ ligne

Paul Dearlove, 2e ligne

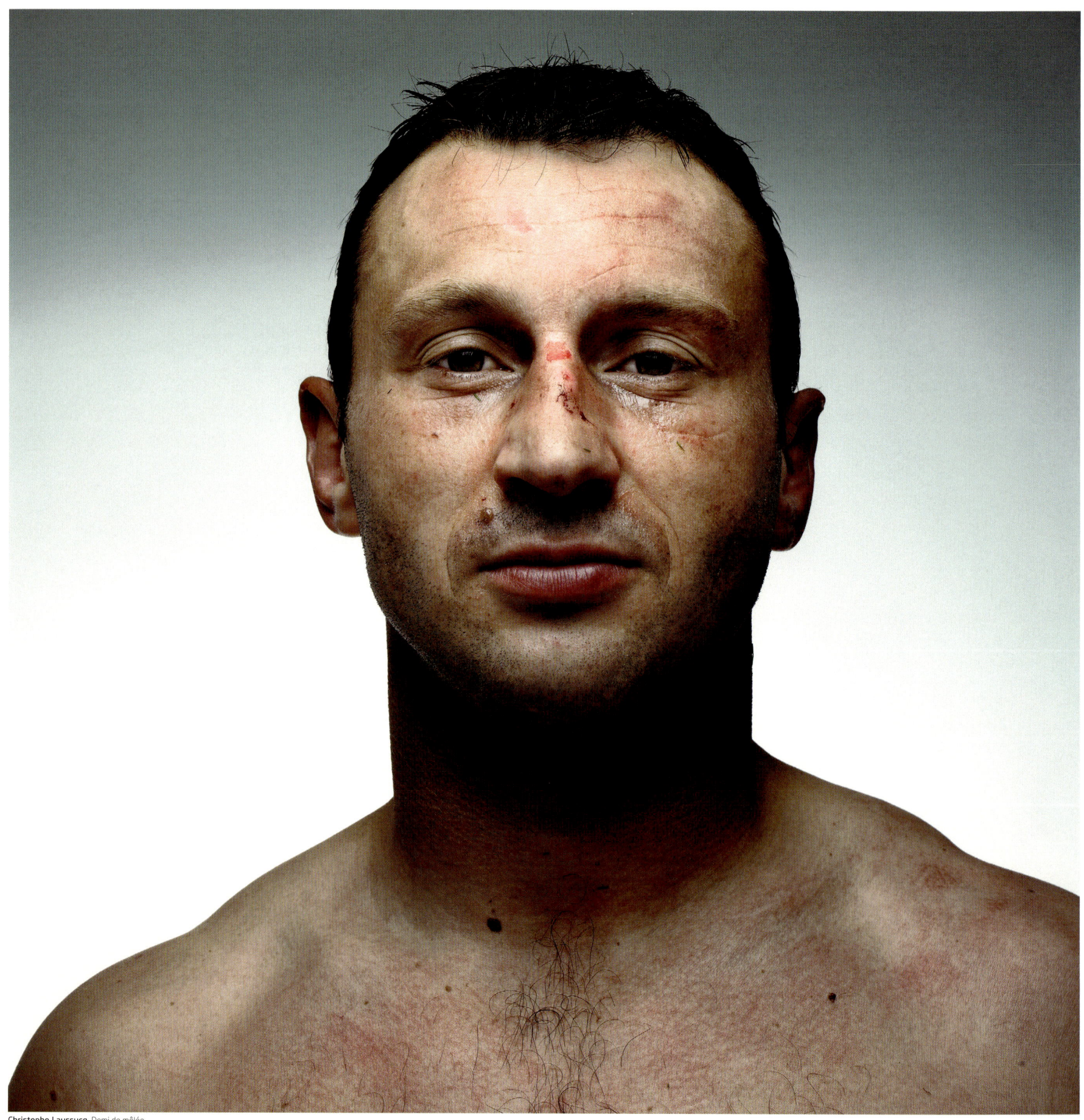

Christophe Laussucq, Demi de mêlée

Patrick Tabacco, 3ᵉ ligne

Tonga Lea Aetoa, Pilier

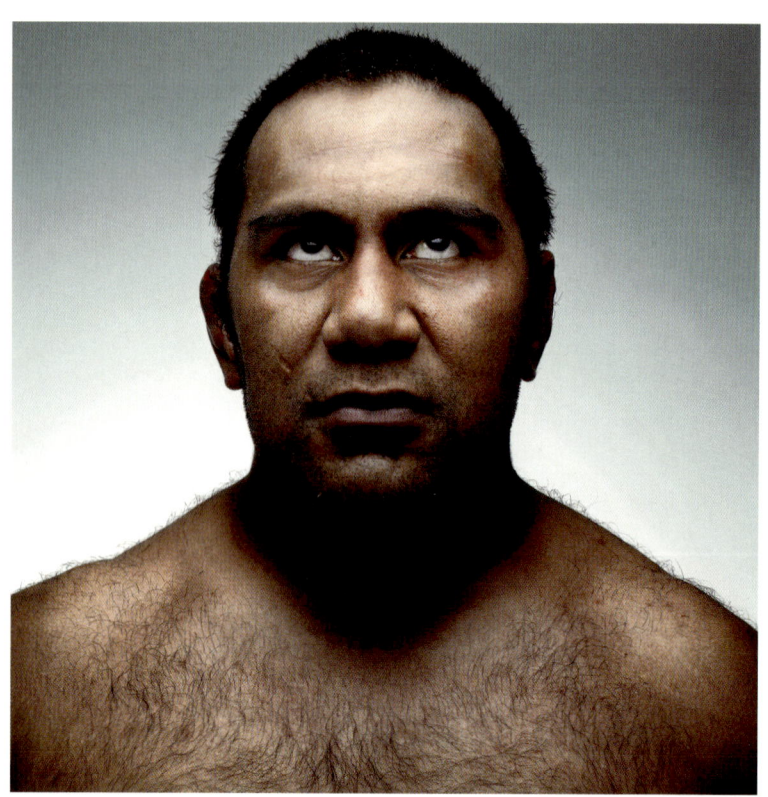

Garrick Morgan, 2ᵉ ligne

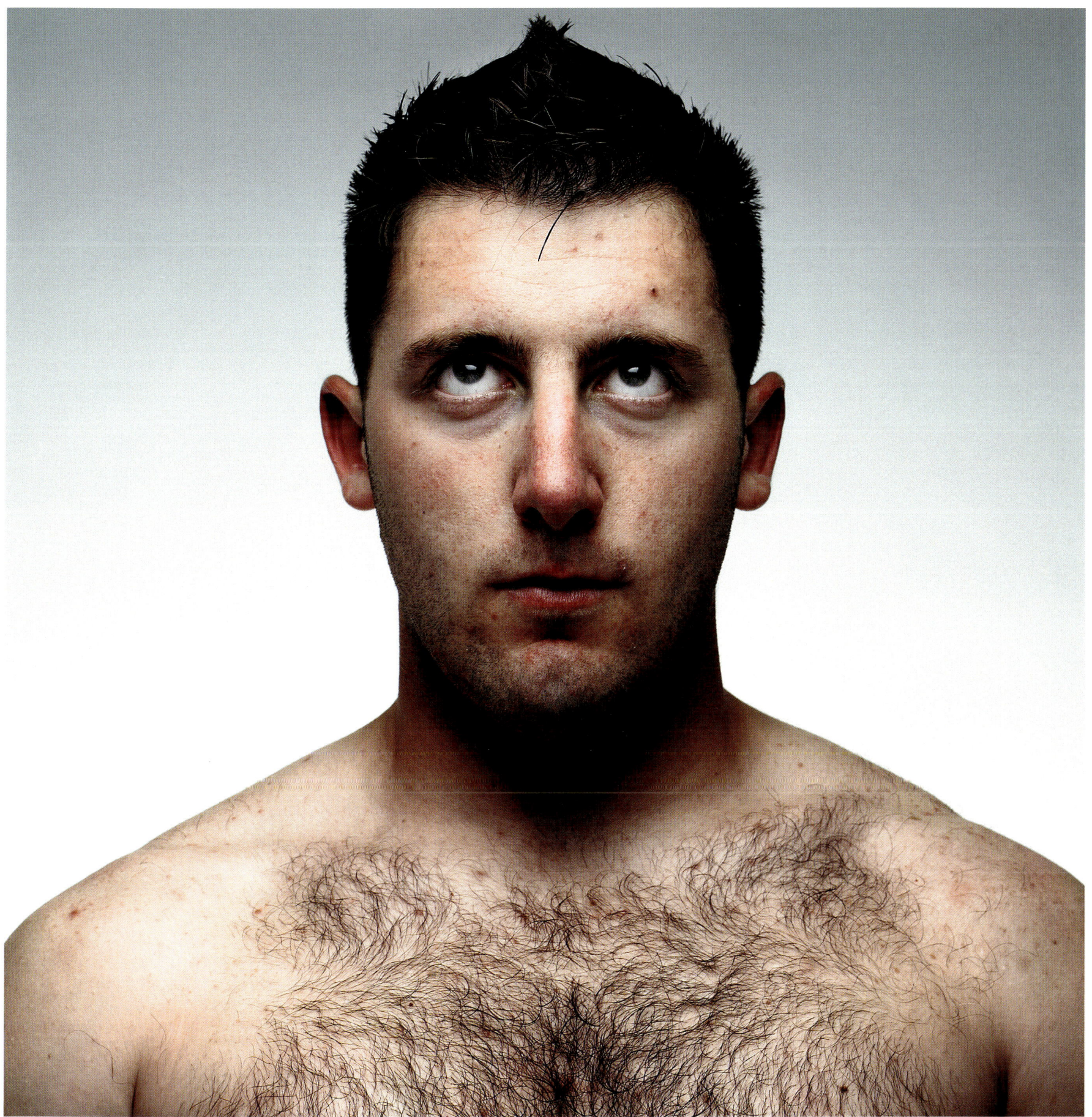

Grégory Puyo, Centre

Union Sportive Arlequins Perpignanais. Rimas Alvarez Kairelis, 2ᵉ ligne. (Perpignan / Montpellier 42 - 20)

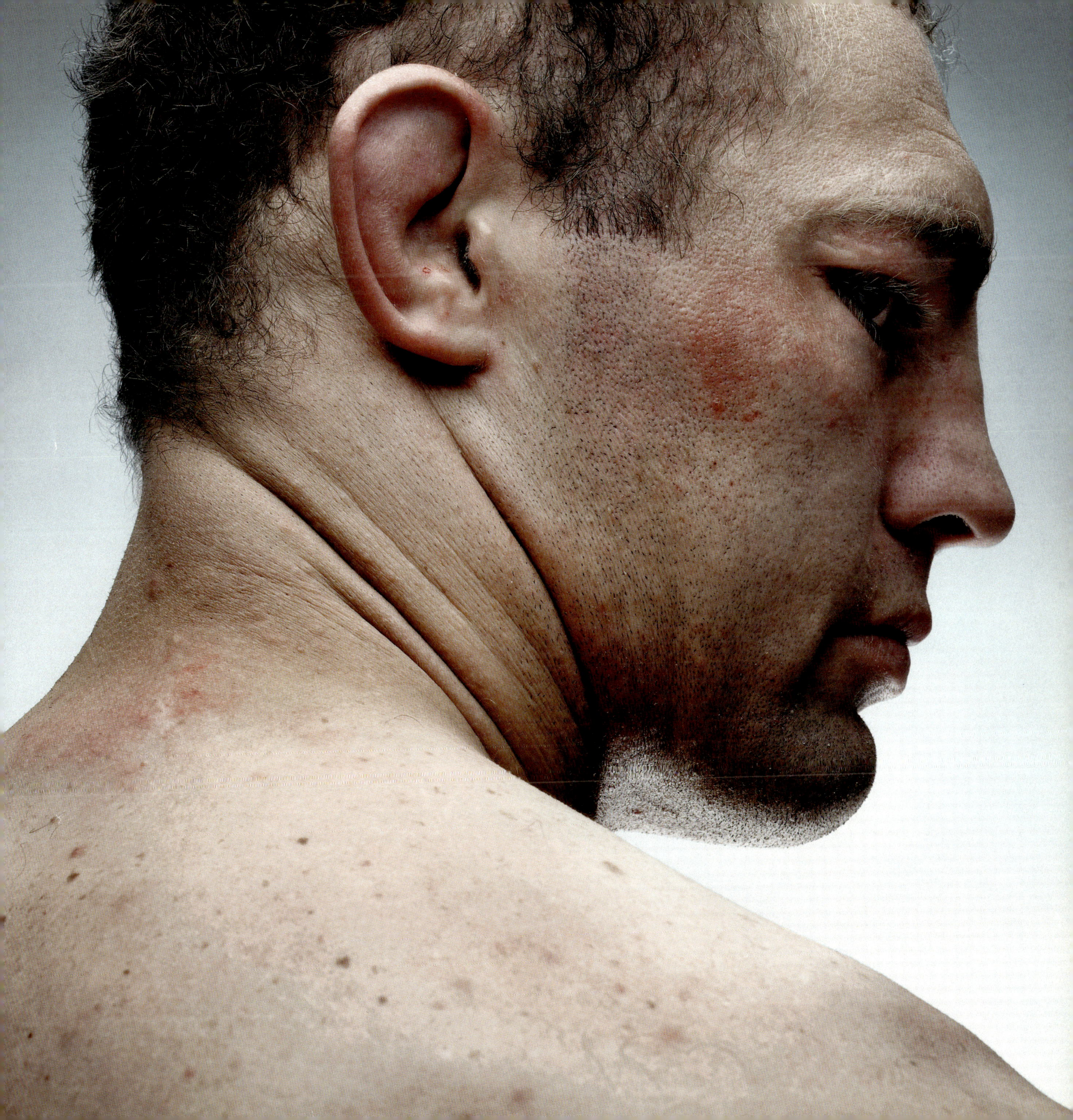

Nicolas Mas, Pilier

Marius Tincu, Talonneur

Nicolas Durand, Demi de mêlée

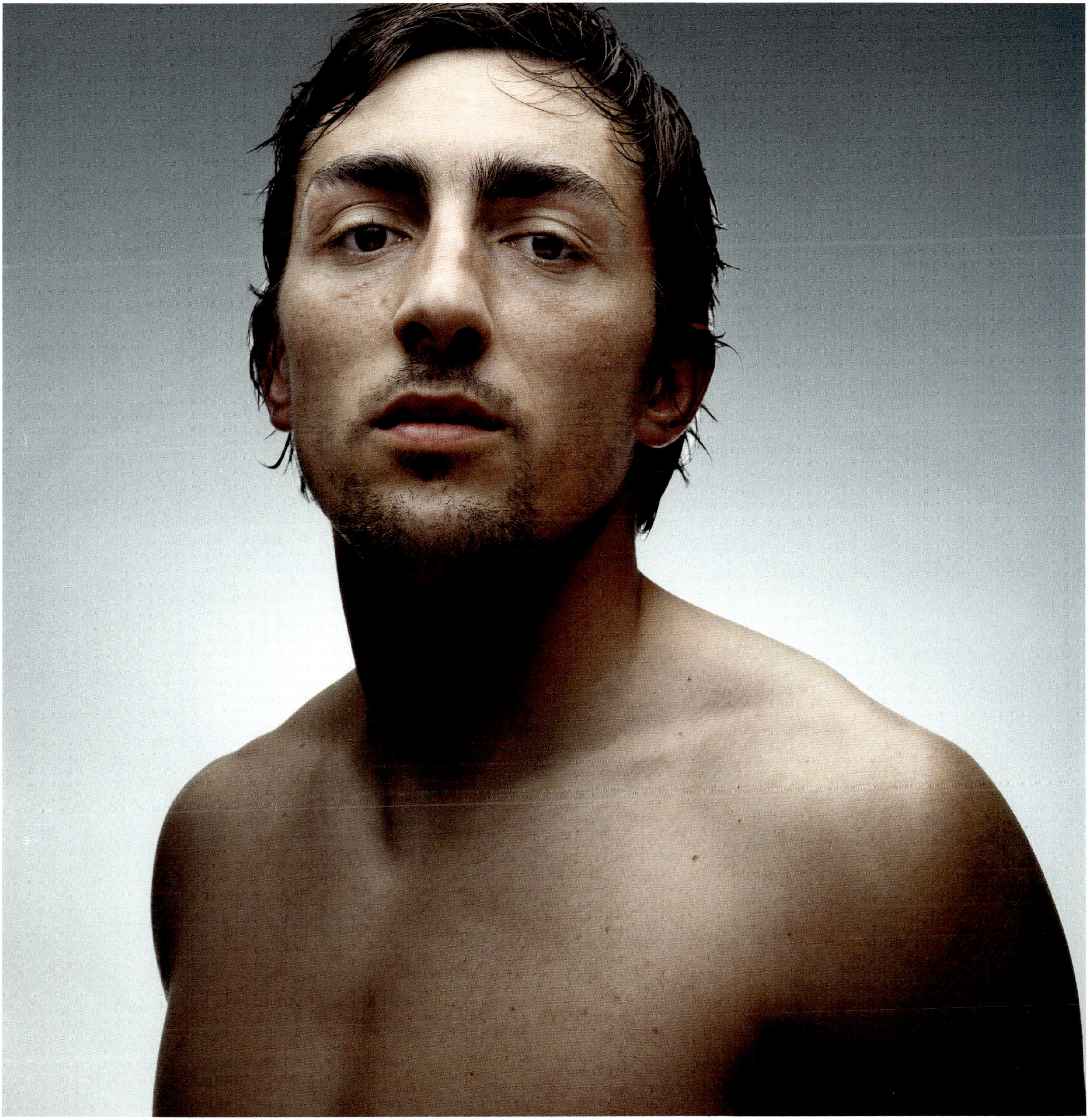

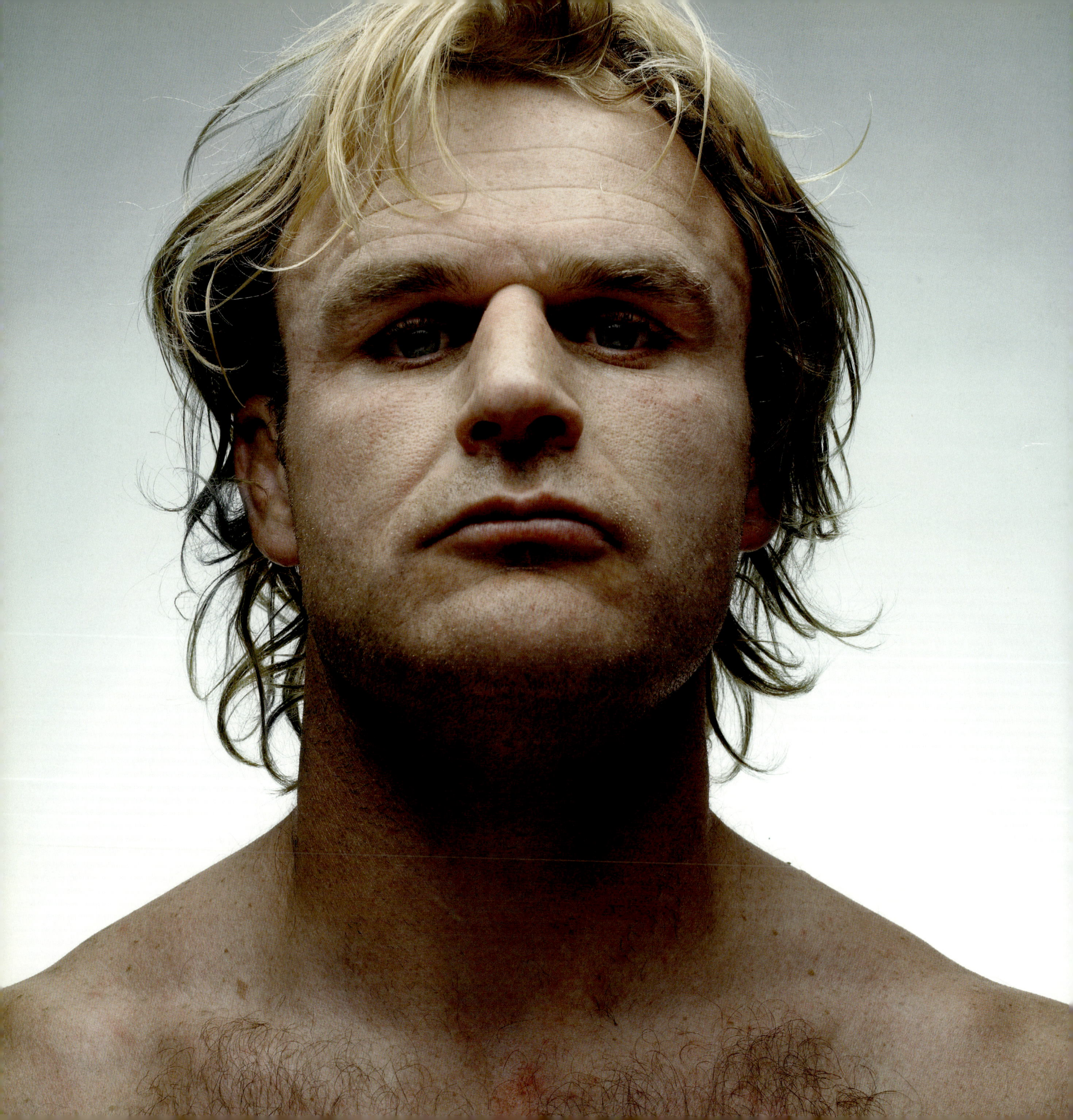

Scott Robertson, 3ᵉ ligne

Vincent Debaty, Pilier

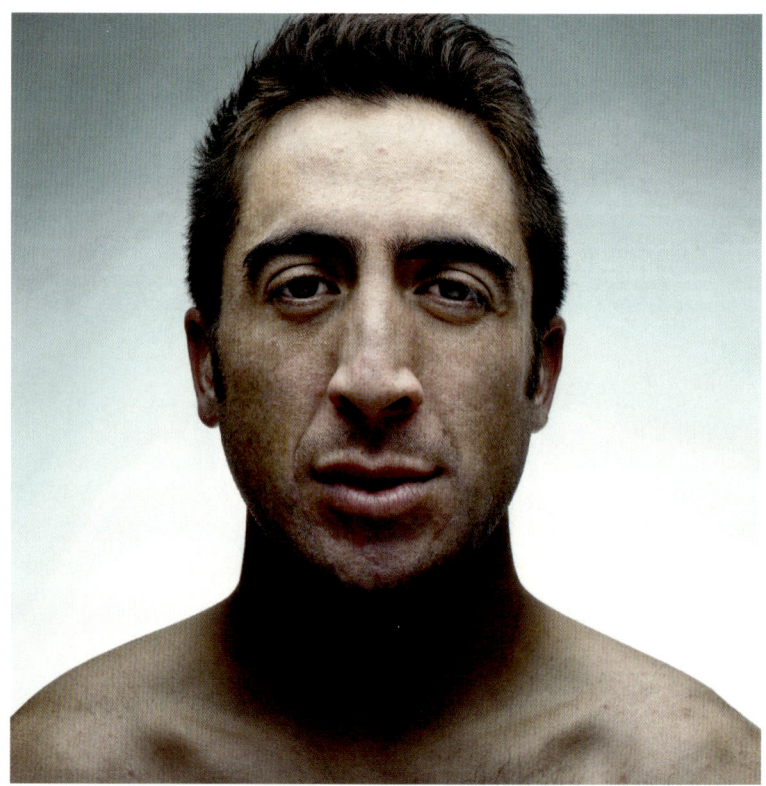

Manuel Edmonds, Ouvreur

Sébastien Descons, Demi de mêlée

David Marty, Centre

Grégory Le Corvec, 3e ligne

Colin Gaston, 2e ligne

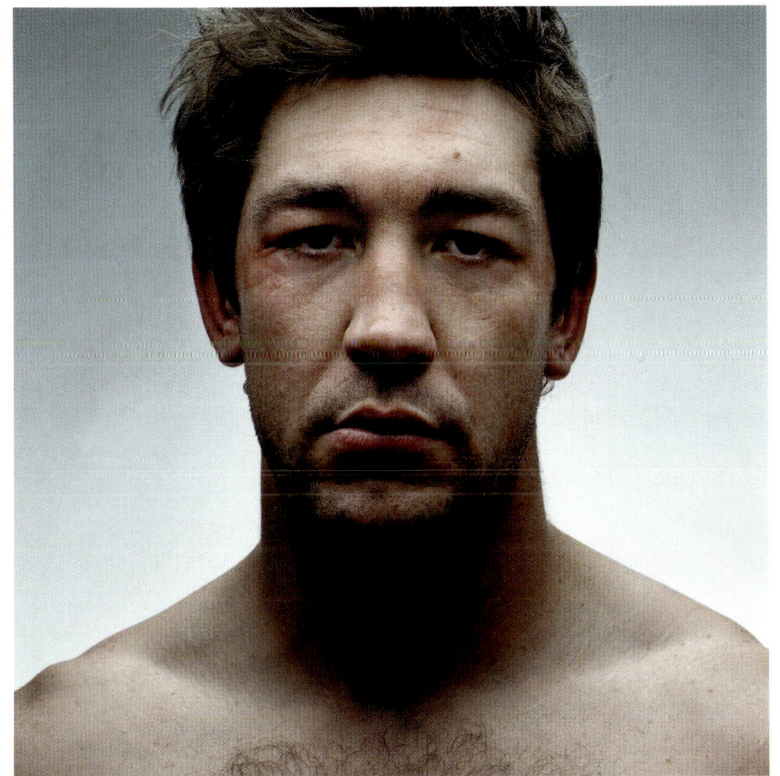

Nathan Hines, 2e ligne

Julien Laharrague, Arrière

Bernard Goutta, 3ᵉ ligne

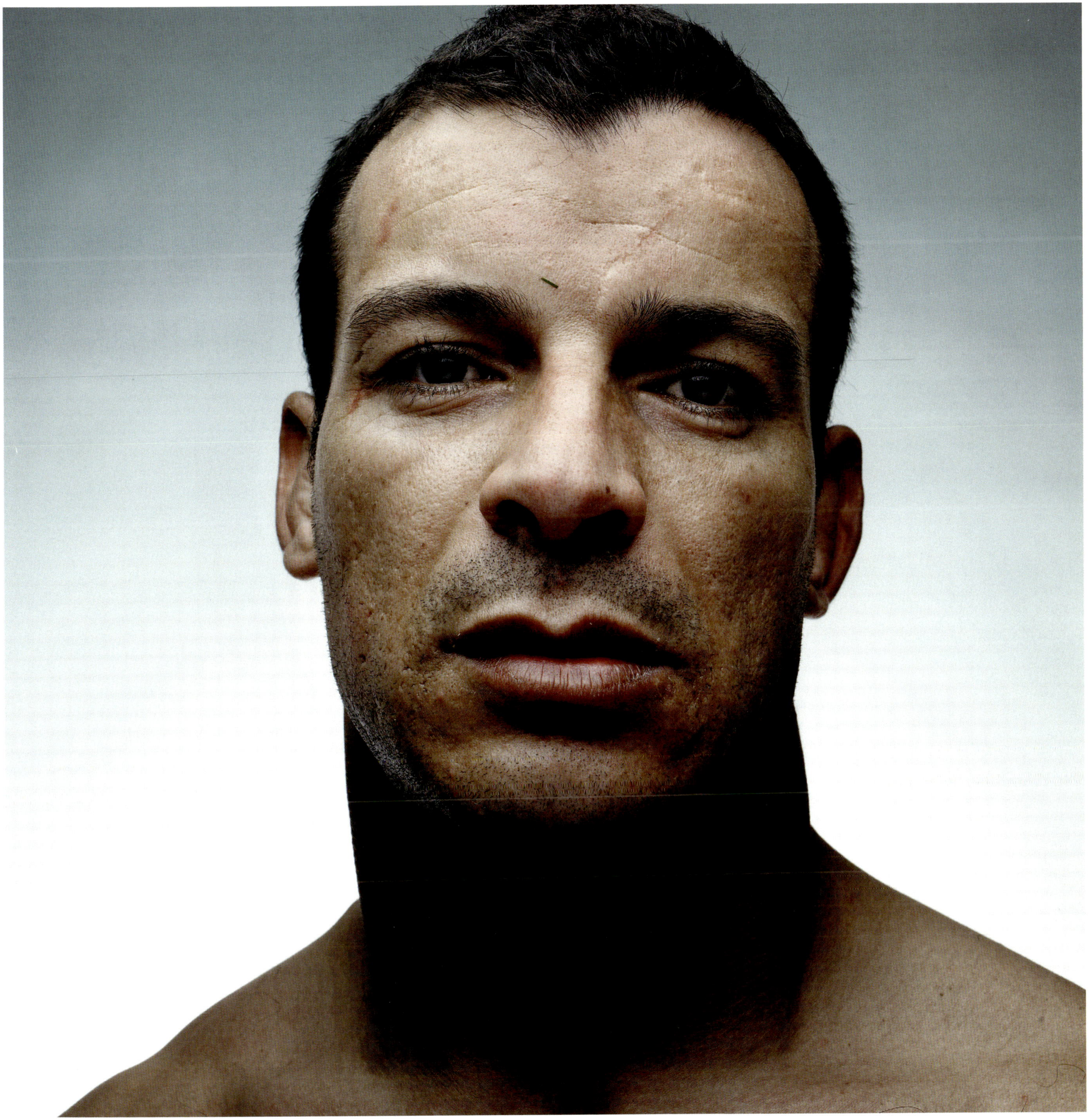

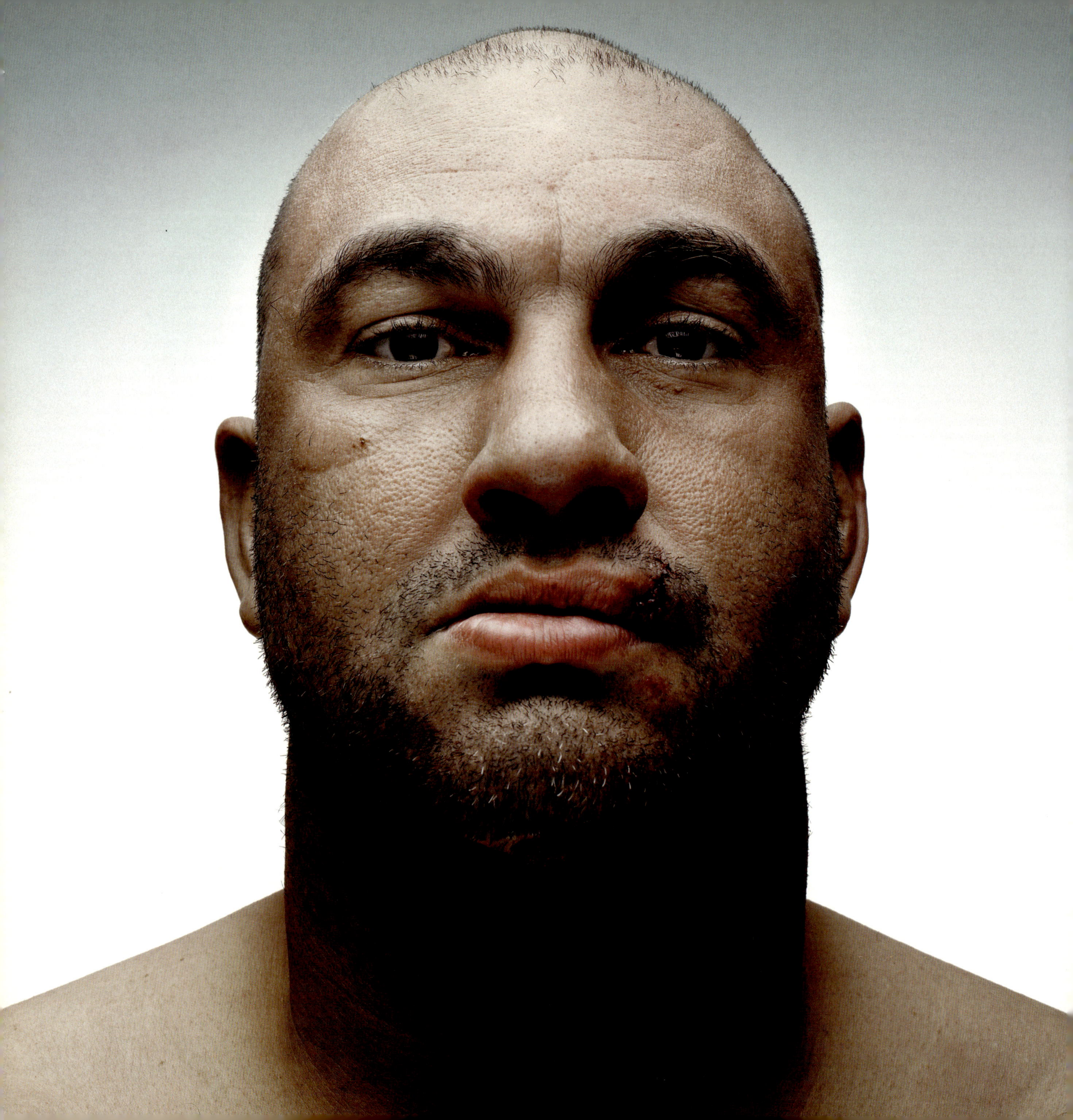

Rugby Club Toulonnais. Harold Karele, 3e ligne. (Toulon / Pau 16 - 20)

Rafael Carballo, Centre

Eric Espagno, 3e ligne

Franck Alazet, 2ᵉ ligne

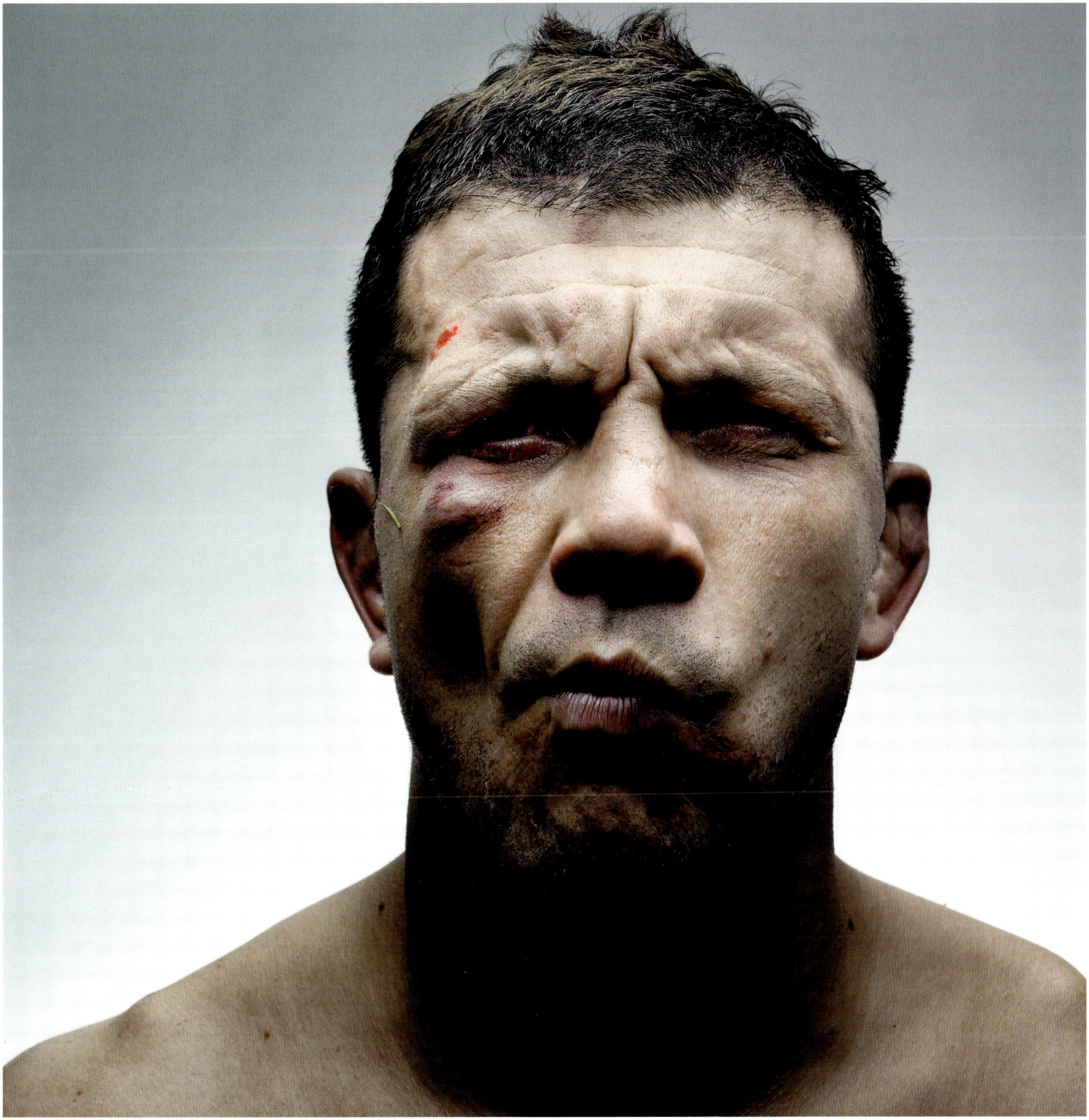

Julien Capdeillayre, 3ᵉ ligne

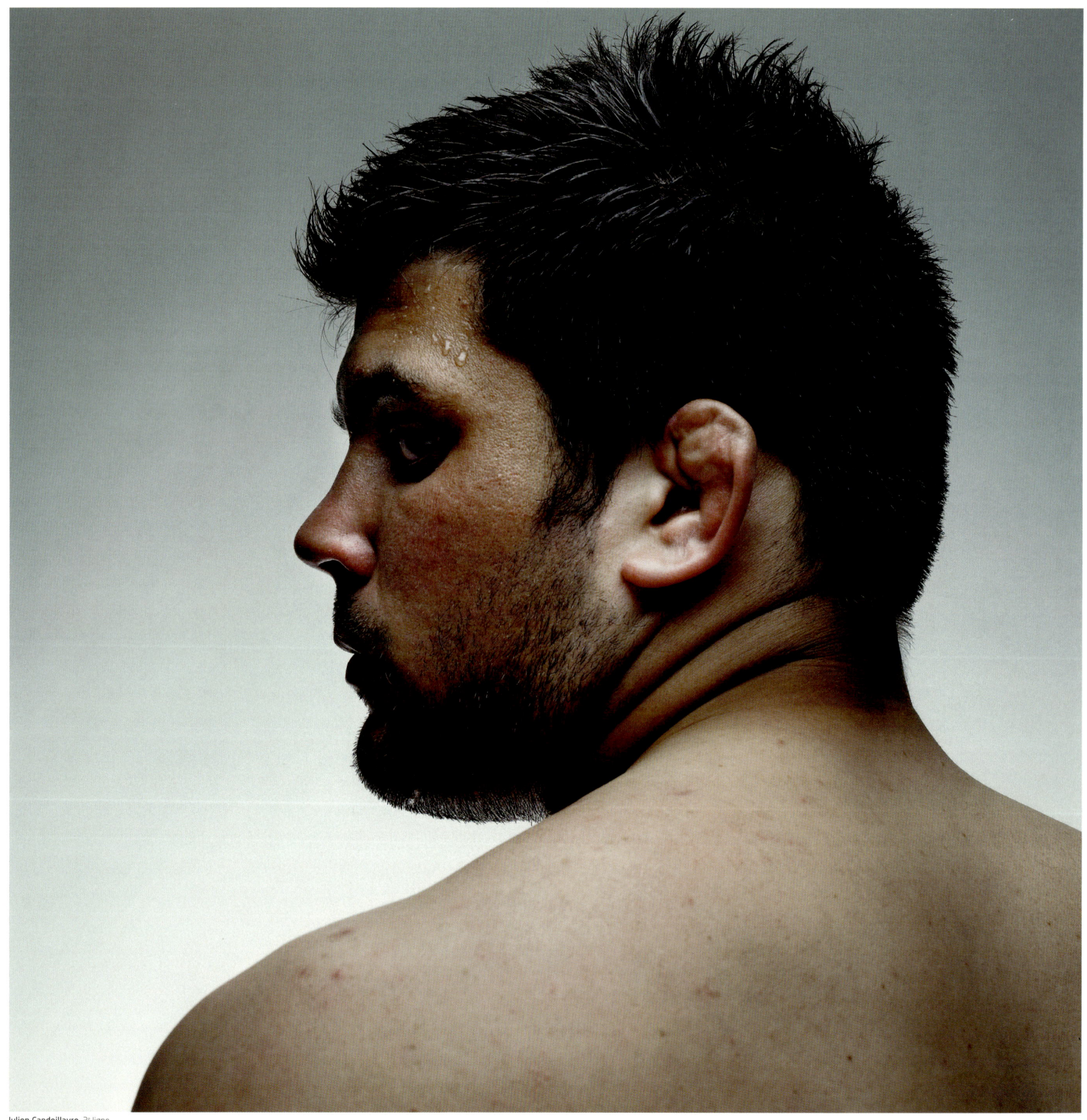

Ludovic Loustau, Demi de mêlée

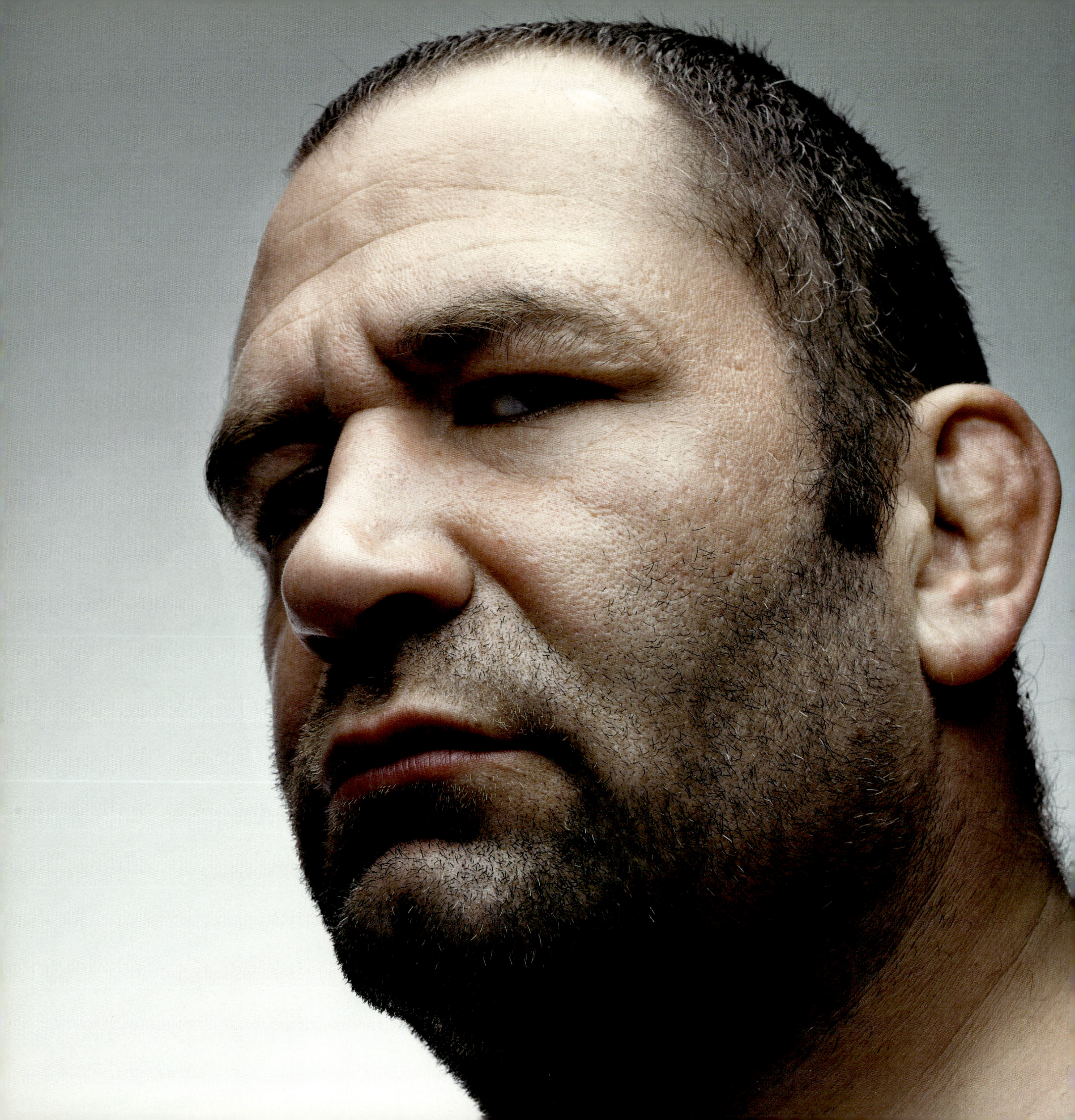

Michel Perié, Pilier

Grégori Labadze, 3ᵉ ligne

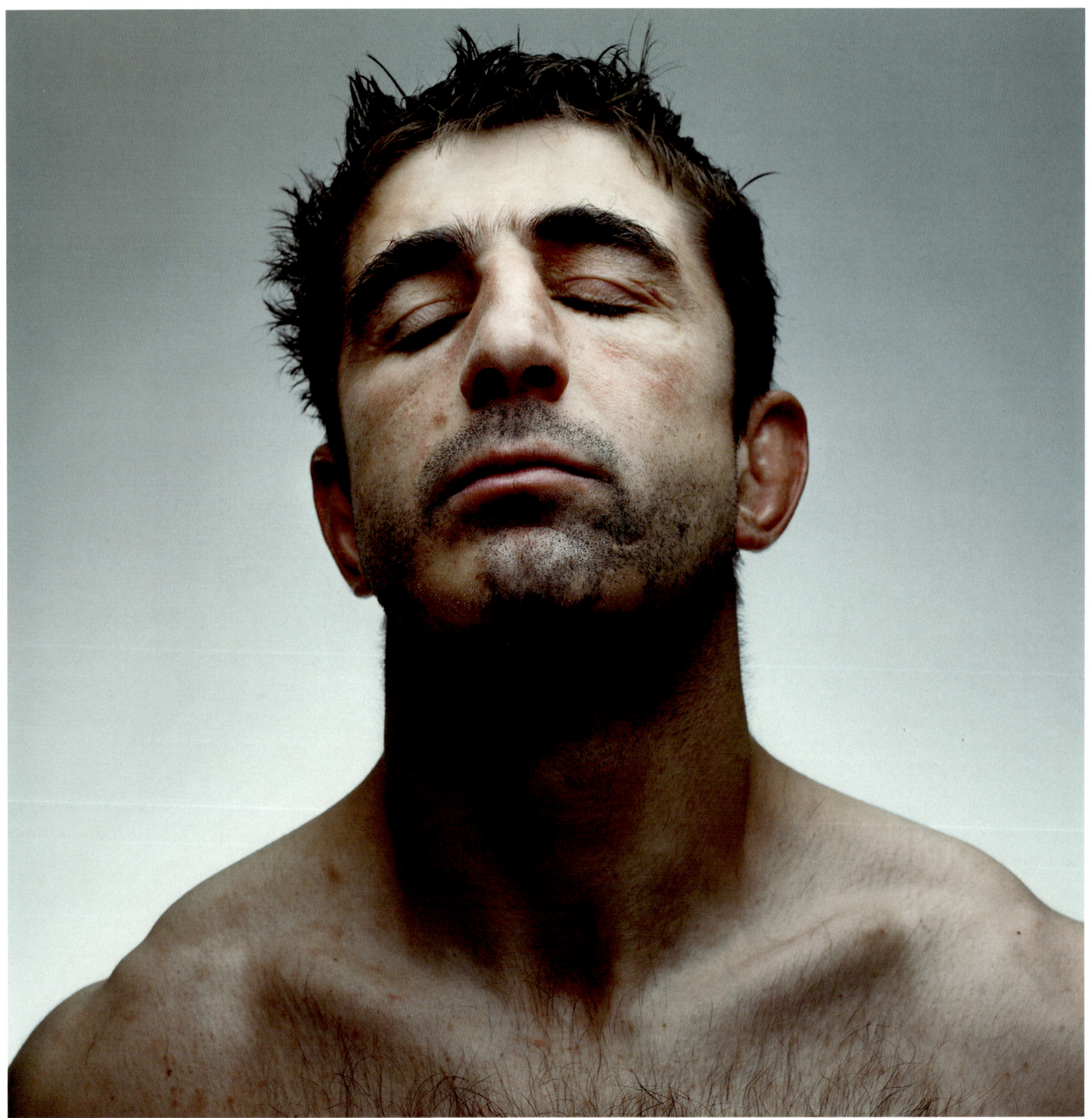

Camille Traversa, Talonneur

Laurent Buchet, Ailier

Soane Toevalu, 3ᵉ ligne

Chris Rossow, *Ouvreur*

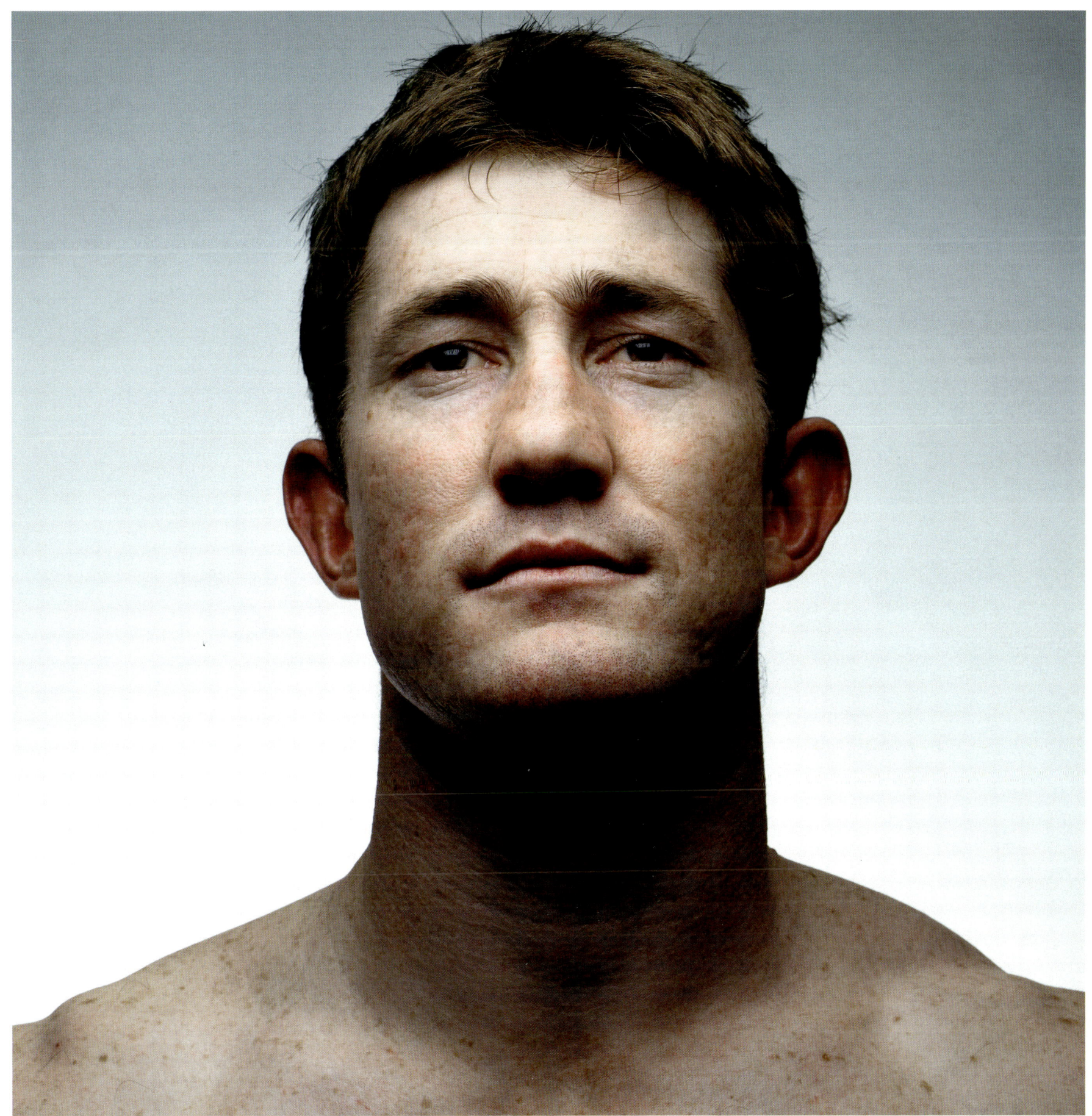

Stade Toulousain Rugby. Jean Bouilhou, 3ᵉ ligne. (Toulouse / Agen 19 - 7)

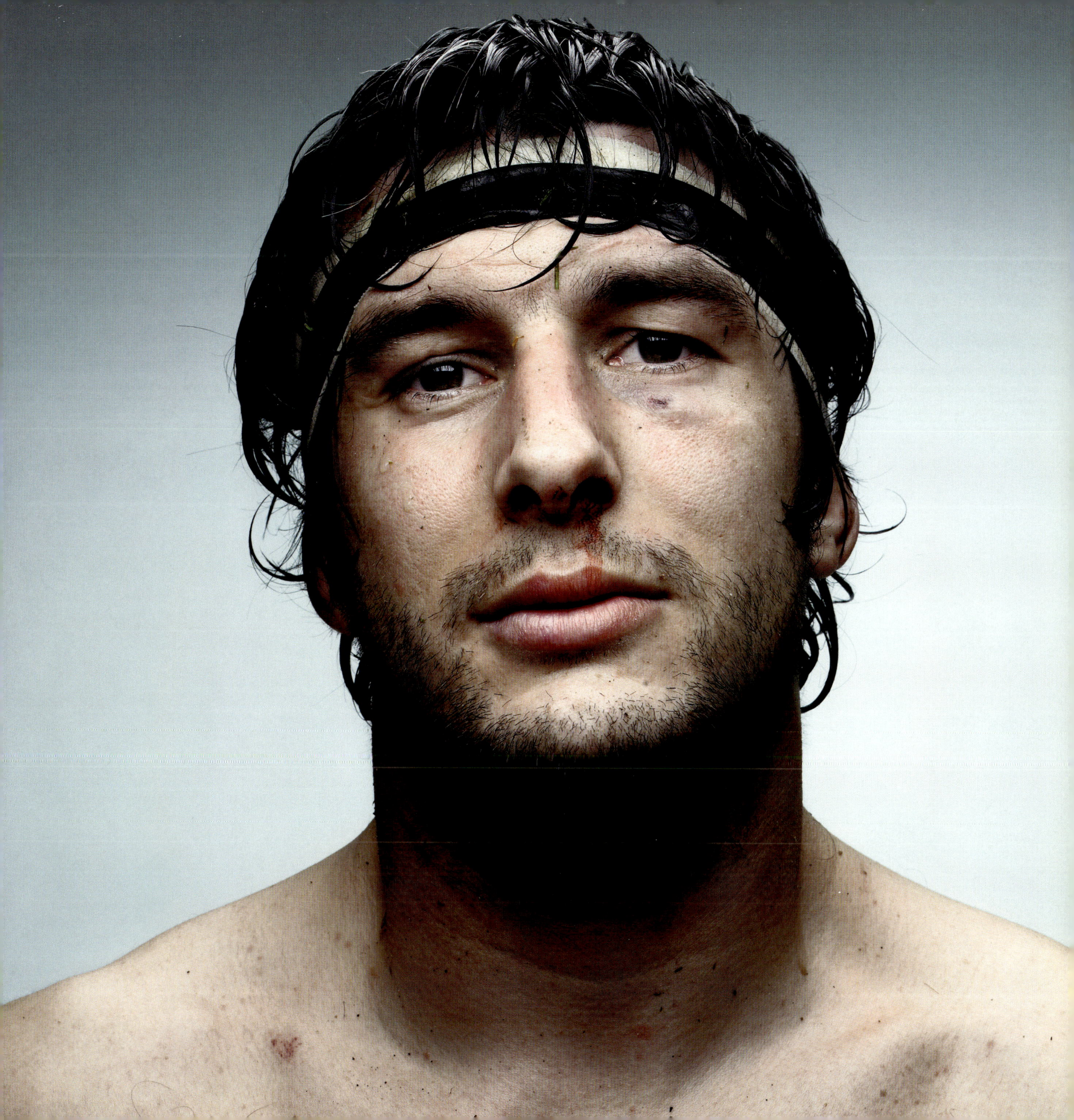

Finau Maka, 3ᵉ ligne

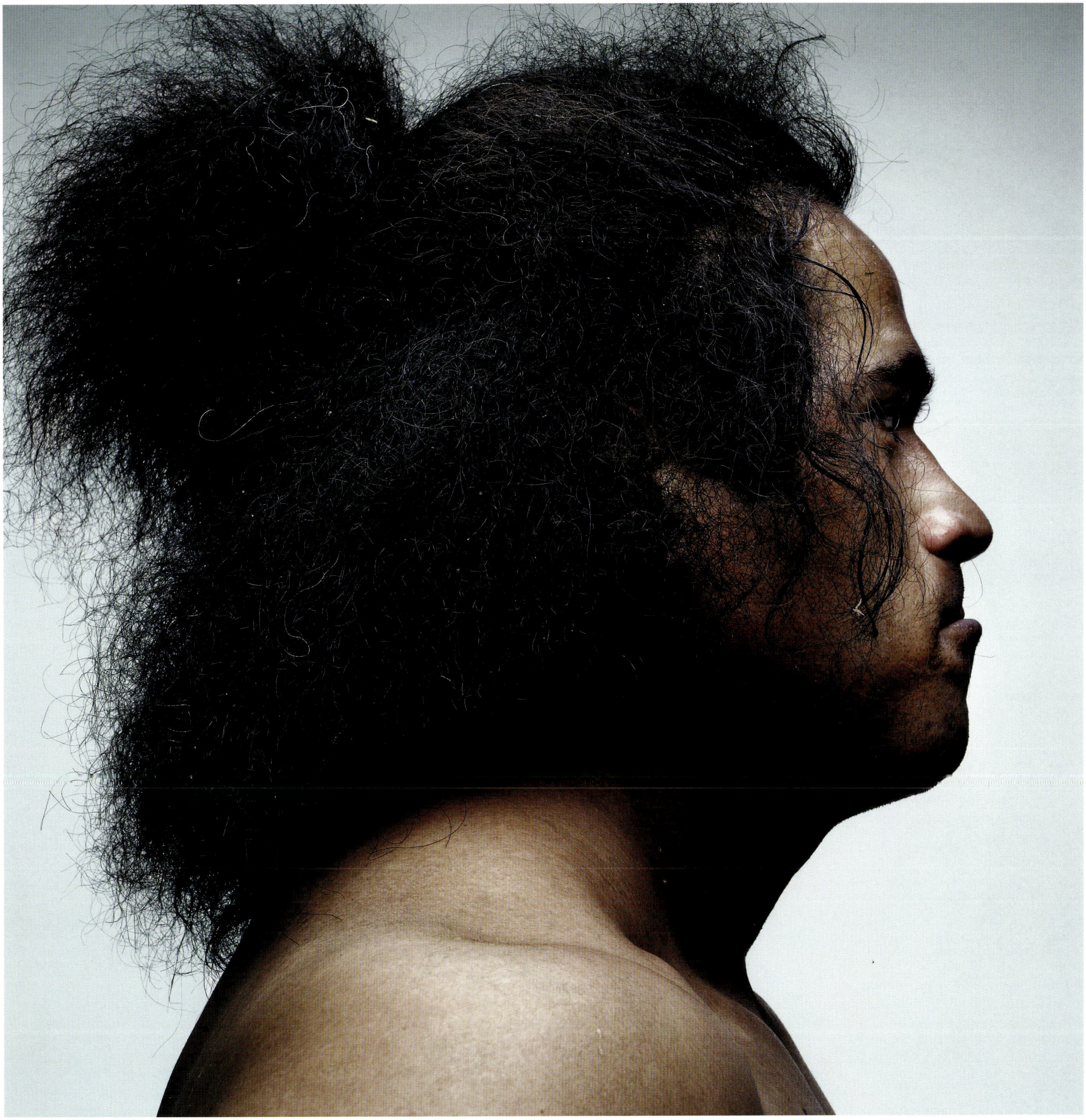

Romain Millo-Chluski, 2e ligne

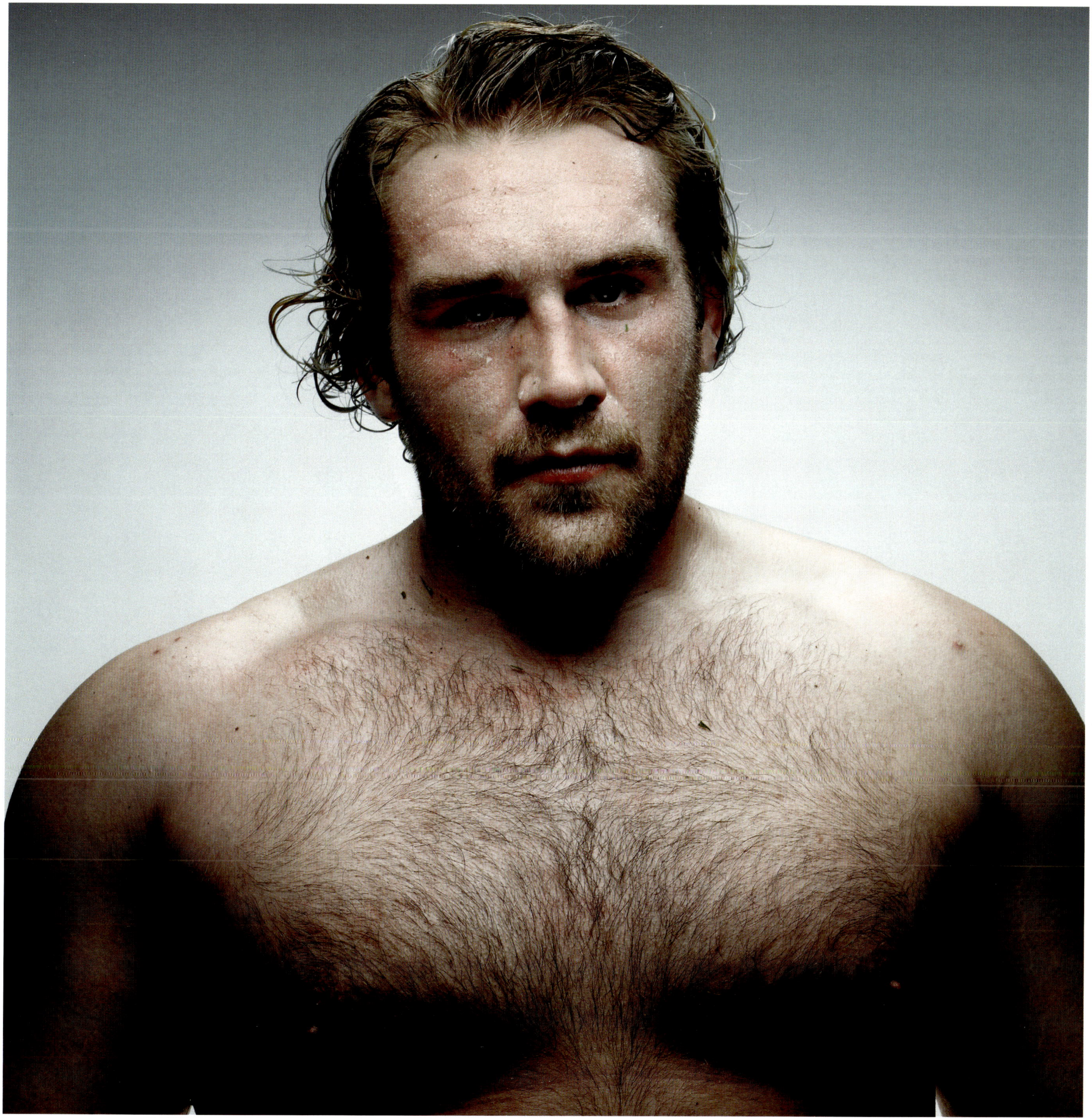

Fabien Pelous, 2e ligne

Yannick Bru, Talonneur

Jean-Baptiste Poux, Pilier

Grégory Menkarska, Pilier

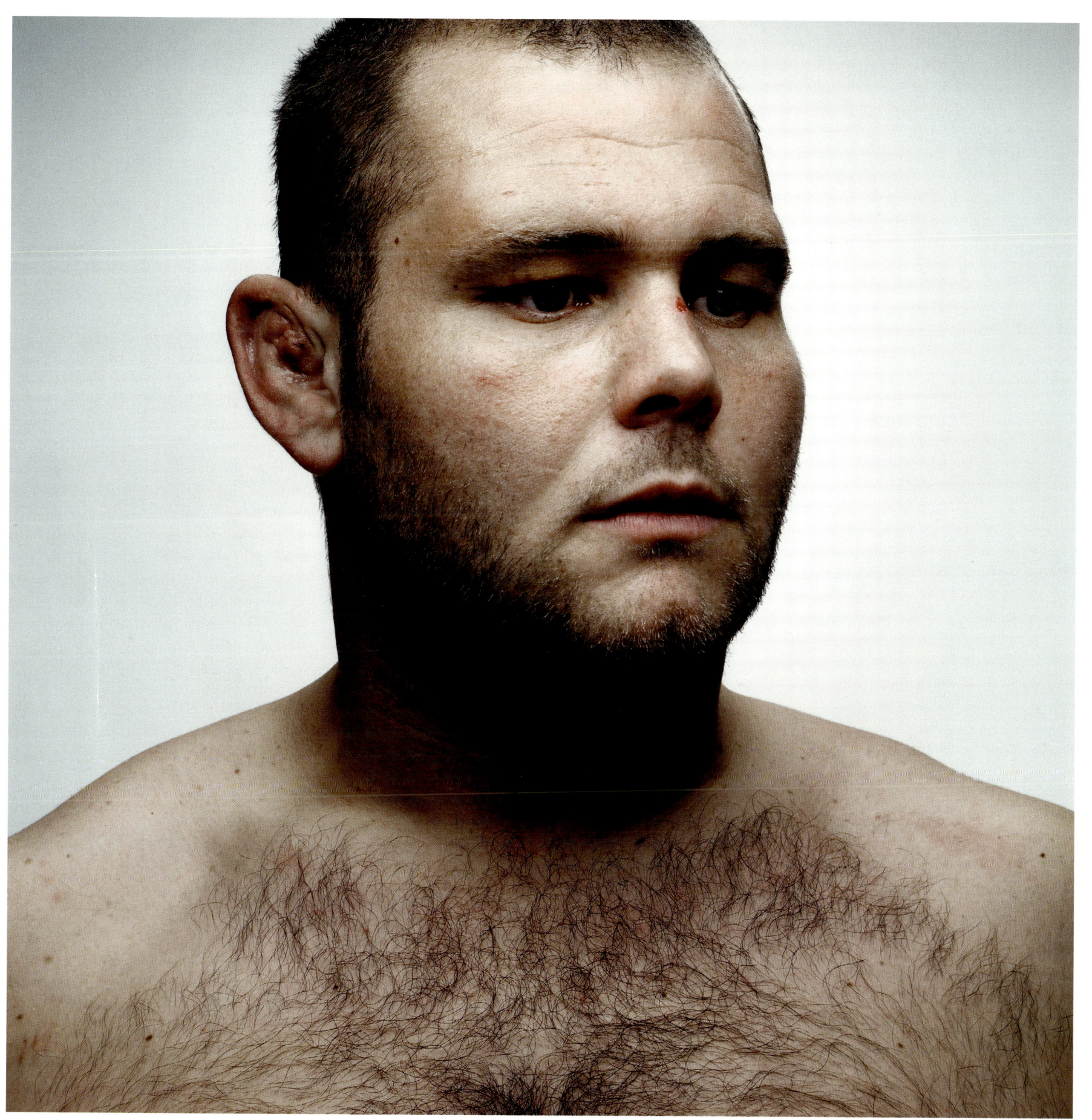

Cédric Heymans, Ailier

Jean-Baptiste Elissalde, Demi de mêlée

Omar Hasan, Pilier

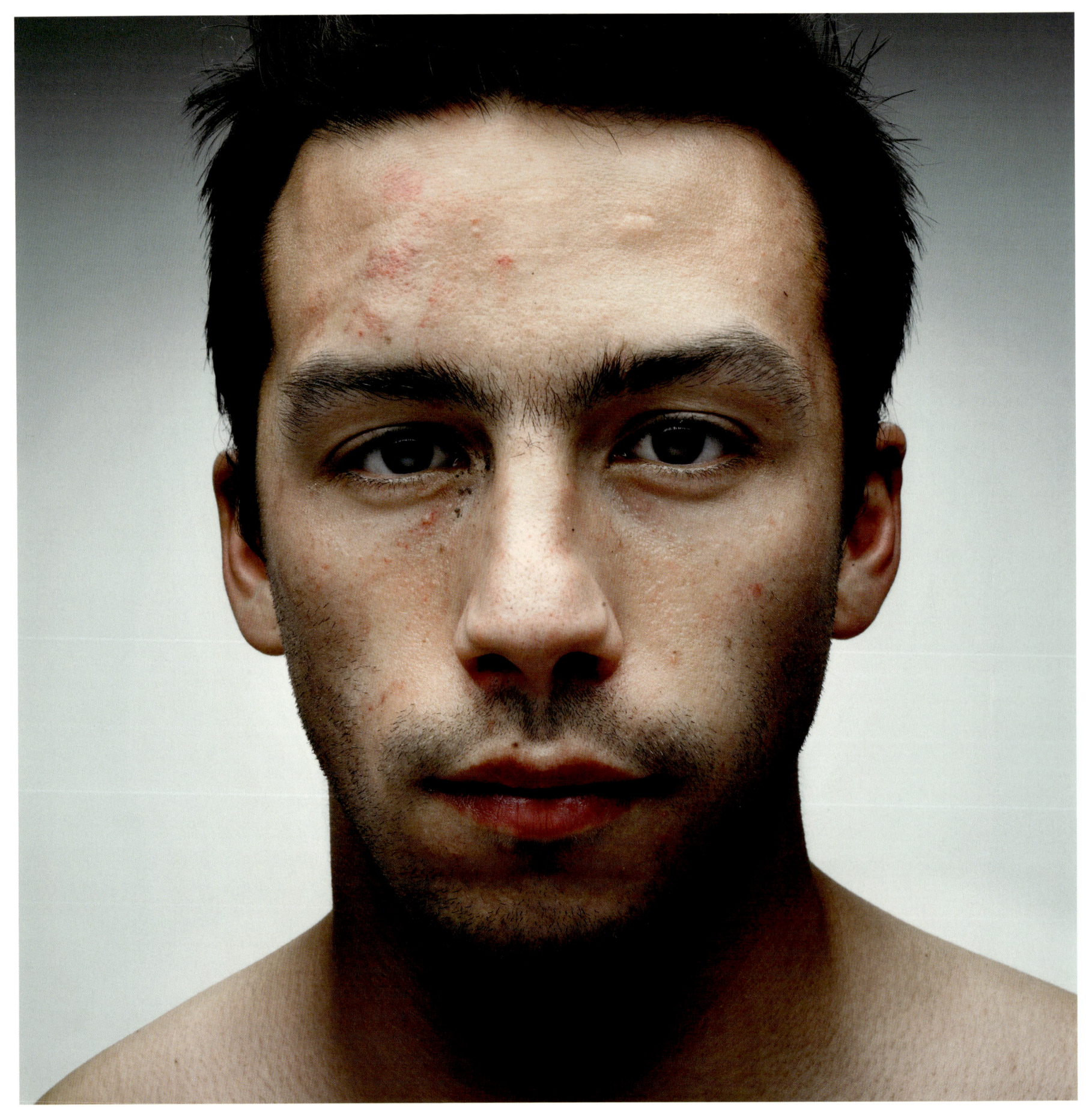

Clément Poitrenaud, Arrière

Grégory Lamboley, 3e ligne

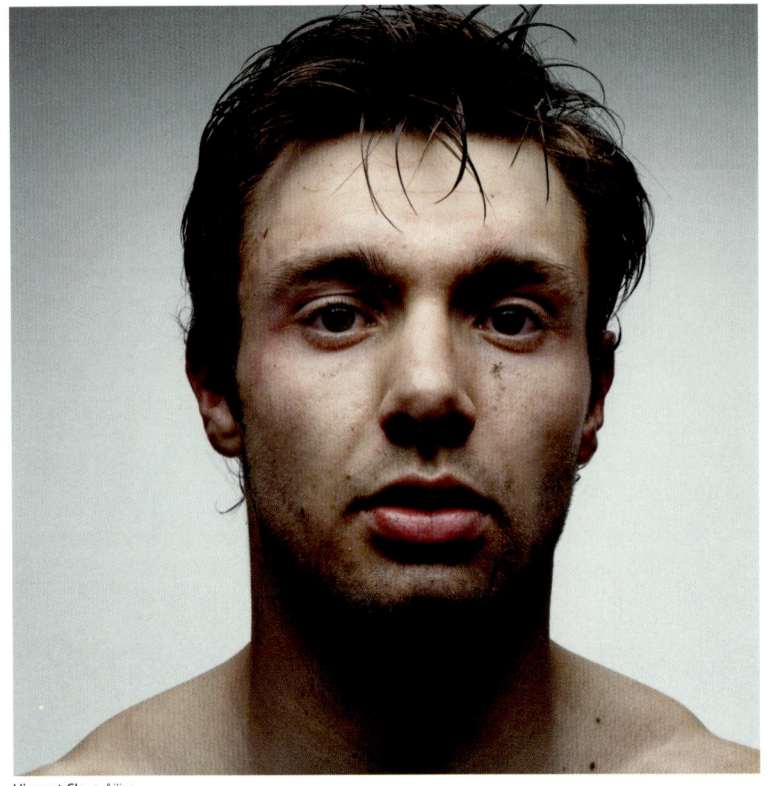

Vincent Clerc, Ailier

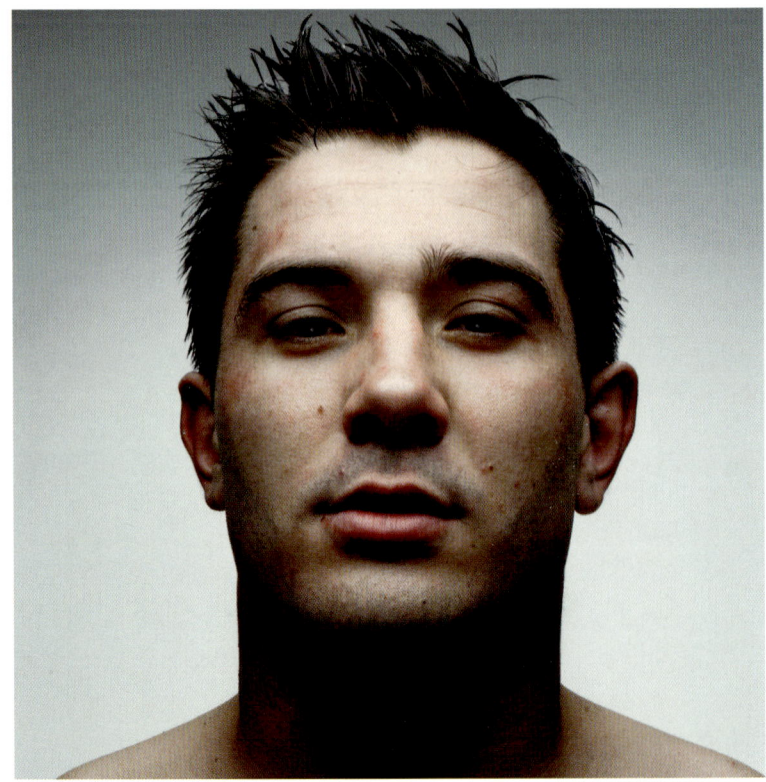

Florian Fritz, Centre

Yannick Jauzion, Centre

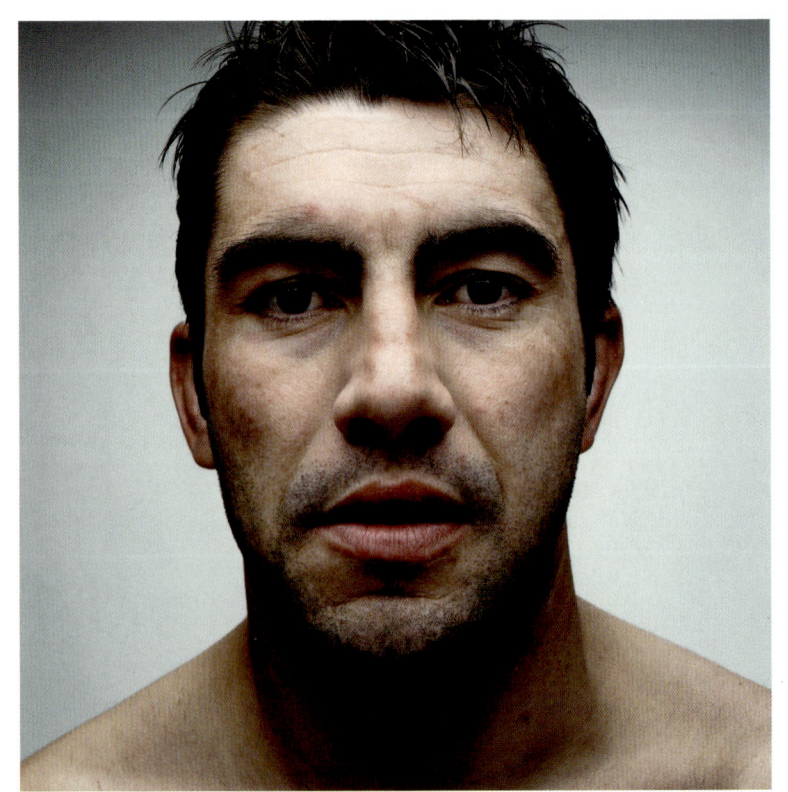

Jean-Frédéric Dubois, Ouvreur

Frédéric Michalak, Ouvreur

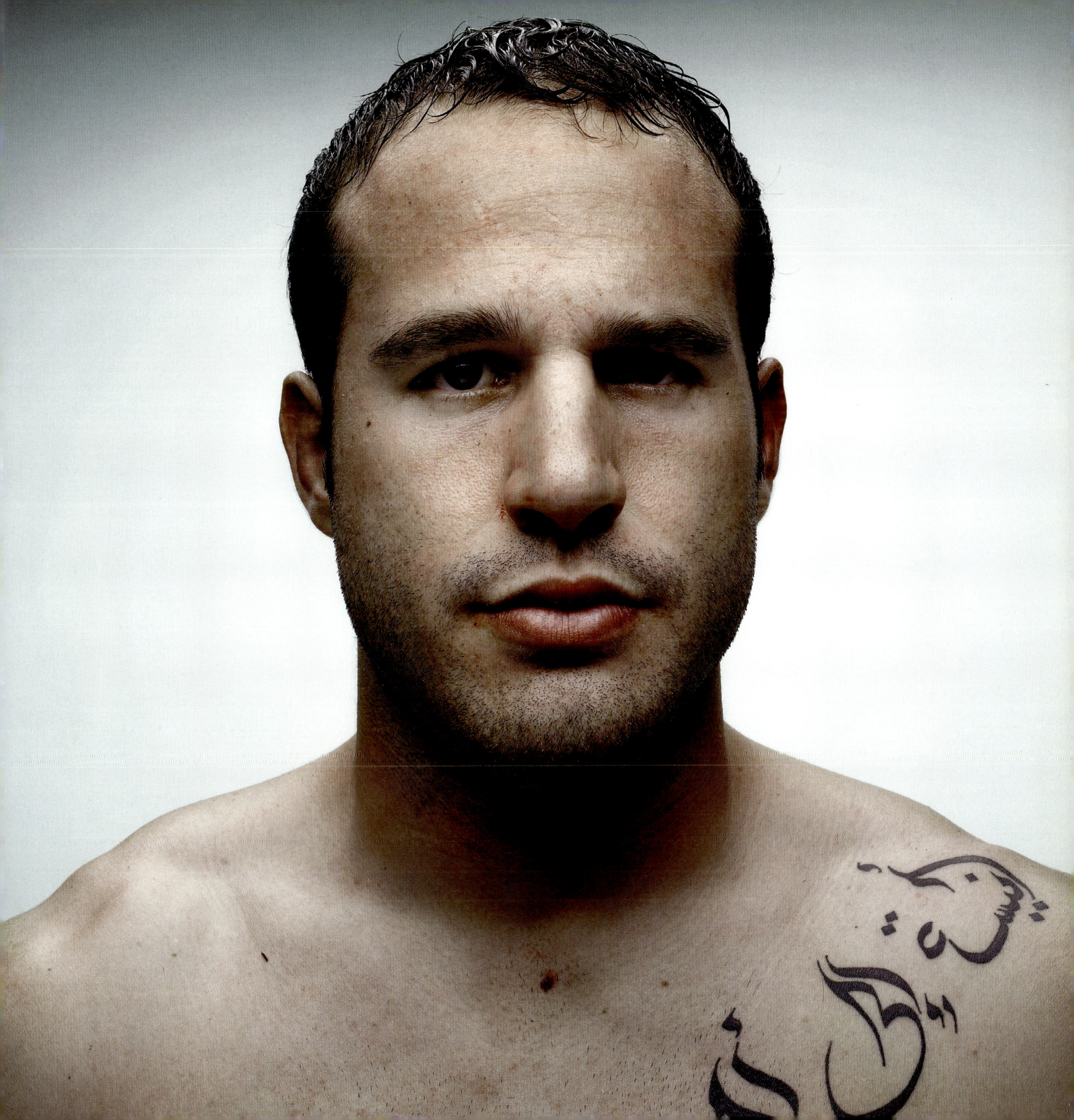

MERCI À TOUS LES JOUEURS DU «TOP 14» SAISON 2005-2006. AGEN : Manu Ahotaeiloa (3/4 centre) / Rupeni Caucaunibuca (3/4 aile) / Jean-Jacques Crenca (Pilier) / Fabrice Culine (3e ligne) / Pepito Elhorga (Arrière) / Damien Fèvre (2e ligne) / Opeti Fonua (3e ligne) / Alessio Galassio (Pilier) / François Gelez (Ouverture) / Kirill Koulemine (2e ligne) / Luc Lafforgue (3/4 centre) / Matthieu Lièvremont (3e ligne) / Jérôme Miquel (Ouverture) / Sylvain Mirande (3/4 centre) / Nicolas Morlaes (Mêlée) / Jalil Narjissi (Talonneur) / Cezar Popescu (Pilier) / Julien Tilloles (Mêlée) / Colin Yukes (3e ligne). **BAYONNE :** Cédric Bergez (2e ligne) / Thierry Cleda (2e ligne) / Edouard Coetzee (Pilier) / Gérard Fraser (Ouverture) / Vlatcheslav Gratchev (3e ligne) / Vincent Inigo (3/4 centre) / Leo Lafaiali'i (3e ligne) / Christophe Laurent (Talonneur) / Benjamin Lhande (3/4 aile) / James McLaren (3/4 centre) / Jose Nunez-Piossek (3/4 aile) / Grégory Sudre (Mêlée) / Mikaera Tewhata (2e ligne) / Jérémy Tomuli (Pilier) / Jean-Marie Usandisaga (Pilier) / Henri-Pierre Vermis (3/4 centre) / Hedley Wessels (Pilier). **BIARRITZ :** Benoît August (Talonneur) / Petru Balan (Pilier) / Serge Betsen (3e ligne) / Philippe Bidabé (Ailier) / Sireli Bobo (3/4 aile) / Nicolas Brusque (Arrière) / Manuel Carizza (2e ligne) / David Couzinet (2e ligne) / Julien Dupuy (Mêlée) / Thierry Dusautoir (3e ligne) / Jean-Baptiste Gobelet (3/4 aile) / Imanol Harinordoquy (3e ligne) / Shaun Hegarty (Centre) / Cencus Johnston (Pilier) / Benoît Lecouls (Pilier) / Thomas Lièvremont (3e ligne) / Denis Lison (3/4 centre) / Frederico Martin Aramburu (3/4 centre) / Benjamin Noirot (Talonneur) / Olivier Noirot (Talonneur) / Olivier Olibeau (2e ligne) / Sébastien Ormaechea (Pilier) / Julien Peyrelongue (Ouverture) / Jérôme Thion (2e ligne) / Sébastien Tillous-Borde (Mêlée). **BOURGOIN :** William Bonet (Pilier) / Nicolas Bontinck (3e ligne) / Benoit Cabello (Talonneur) / Mickael Campeggia (Mêlée) / Pablo Cardinali (Pilier) / Nicolas Carmona (3/4 centre) / Jean-François Coux (3/4 aile) / Carlo Del Fava (2e ligne) / Anthony Forest (3/4 aile) / Mickael Forest (Mêlée) / Julien Frier (3e ligne) / Joël Iggo (3/4 centre) / David Janin (3/4 aile) / Wessel Jooste (2e ligne) / Werner Loftus (2e ligne) / Pascal Peyron (Pilier). **BRIVE :** Simon Azoulai (3e ligne) / Jérôme Bonvoisin (3e ligne) / Martin Bottini (Arrière) / Julien Campo (Talonneur) / Pierre Capdevielle (Pilier) / Nicolas Couttet (3/4 centre) / Johan Dalla-Riva (Centre) / Jawad Djoudi (Talonneur) / Yves Donguy (3/4 aile) / Fabien Laurent (3e ligne) / Damien Minassian (Pilier) / Damien Neveu (Mêlée) / Franco Pani (Pilier) / Jean-Baptiste Pejoine (Mêlée) / Maxime PetitJean (Ouverture) / Charl Van Rensburg (3e ligne) / Xavier Sadourny (Ouverture). **CASTRES :** Rodrigo Capo (2e ligne). Yann Delaigue (Ouverture) / Florian Faure (3e ligne) / Carl Hoeft (Pilier) / Kees Meeuws (Pilier) / Laloa Milford (Ailier) / Lionel Nallet (2e ligne) / Nicolas Raffault (Ailier) / David Roumieu (Talonneur) / Guillaume Taussac (3e ligne) / Paul Volley (3e ligne). **CLERMONT-FERRAND :** Alexandre Audebert (3e ligne) / Mathieu Badel (Pilier) / David Barrier (2e ligne) / Gonzalo Canale (3/4 aile) / Raphaël Chanal (3/4 centre) / Michel Dieudé (3e ligne) / Stephen Jones (Ouverture) / Mario Ledesma (Talonneur) / Pierre Manuel Garcia (3/4 centre) / Craig McMullen (Ouverture) / Pierre Mignoni (Mêlée) / Brice Miguel (Talonneur) / Breyton Paulse (3/4 aile) / Jean-Baptiste Pezet (Mêlée) / Thibault Privat (2e ligne) / Aurélien Rougerie (3/4 aile) / Hernan Senillosa (3/4 aile) / Goderzi Shvelidze (Pilier) / Elvis Vermeulen (3e ligne) / Pierre Vigouroux (3e ligne) / Davit Zirakashvili (Pilier). **MONTPELLIER :** Laurent Arbo (3/4 aile) / David Aucagne (Ouverture) / Clément Baïocco (Pilier) / Frédéric Benazech (Arrière) / Michaël Bert (2e ligne) / David Bortolussi (Arrière) / Sébastien Buada (Mêlée) / John Danniel (2e ligne) / Olivier Diomande (Talonneur) /

Sébastien Galtier (3e ligne) / Nicolas Grelon (Talonneur) / Drickus Hancke (2e ligne) / Sébastien Kuzbik (3/4 aile) / Régis Lespinas (Ouverture) / Rickus Lubbe (3/4 centre) / Michel Macurdy (2e ligne) / Philémon Toleafoa (Pilier) / Julien Tomas (Mêlée) / Jérôme Vallée (3e ligne) / Antony Vigna (Pilier). **NARBONNE :** Thibault Algret (Talonneur) / Laurent Balue (Mêlée) / Jean-Marie Bisaro (3e ligne) / Marco Bortolami (2e ligne) / Julien Candelon (3/4 aile) / Cédric Desbrosse (3/4 centre) / Dwayne Haare (3e ligne) / Jason Hooper (Pilier) / David Hunter (3e ligne) / Christian Labit (3e ligne) / Frédéric Lartigue (3/4 aile) / Lionel Mazars (3/4 centre) / Nicolas Nadau (Arrière) / Renaud Palomera (Pilier) / Fabien Rofes (Talonneur) / Cédric Rosalen (Ouverture) / Christopher Ruiz (Ouverture) / Julien Seron (Mêlée) / Andrew Springgay (2e ligne) / Lei Tomiki (3e ligne) / Franck Tournaire (Pilier) / Jean-Philippe Viard (3/4 centre). **PARIS :** David Auradou (2e ligne) / Mauro Bergamasco (3e ligne) / Mirco Bergamasco (Arrière) / Mathieu Blin (Talonneur) / Pieter De Villiers (Pilier) / Julien Fillol (Mêlée) / Stéphane Glas (3/4 centre) / Michael James (2e ligne) / Benjamin Kayser (Talonneur) / Arnaud Marchois (2e ligne) / Sylvain Marconnet (Pilier) / Juan Martin Hernandez (Ailier) / Geoffroy Messina (3/4 centre) / Yohan Montes (Pilier) / Sergio Parisse (3e ligne) / Pierre Rabadan (3e ligne) / Olivier Sarramea (Centre) / Julien Saubade (3/4 aile) / Richard Shaun Sowerby (3e ligne) / David Skrela (Ouverture) / Shaun Sowerby (3e ligne). **PAU :** Lionel Beauxis (Ouverture) / Fabien Boiroux (Pilier) / Romain Cabannes (3/4 centre) / Jean Charles Cistacq (3/4 centre) / Brendon Daniel (3/4 aile) / Paul Dearlove (3e ligne) / Iulian Dumitras (Arrière) / Vincent Forgues (3e ligne) / Elvis Laborde - Greche (3e ligne) / David Laperne (Pilier) / Christophe Laussucq (Mêlée) / Tonga Lea'Aetoa (Pilier) / Garrick Morgan (2e ligne) / Grégory Puyo (3/4 centre) / Gonzalo Quesada (Ouverture) / Karl Rudzki (2e ligne) / Pierre Som (3e ligne) / Thomas Soucaze (3e ligne) / Oliver Sourgens (Pilier) / Jean-Marc Souverbie (Arrière) / Patrick Tabacco (3e ligne) / Romain Terrain (Talonneur) / Ace Tiatia (Talonneur). **PERPIGNAN :** Rimas Alvarez Kairelis (2e ligne) / Guillaume Bortolaso (3e ligne) / Mathieu Bourret (3/4 aile) / Vicent Debaty (Pilier) / Sébastien Descons (Mêlée) / Nicolas Durand (Mêlée) / Manuel Edmonds (Ouverture) / Colin Gaston (2e ligne) / Bernard Goutta (3e ligne) / Jean-Philippe GrandClaude (3/4 centre) / Nathan Hines (2e ligne) / Gavin Hume (3/4 centre) / Michel Konieckiewicz (Talonneur) / Nicolas Laharrague (Arrière) / Grégory Le Corvec (3e ligne) / Christophe Manas (3/4 centre) / David Marty (3/4 centre) / Nicolas Mas (Pilier) / Ramiro Pez (Ouverture) / Scott Robertson (3e ligne) / Marius Tincu (Talonneur). **TOULON :** Franck Alazet (2e ligne) / Laurent Buchet (Ailier) / Julien Capdeillayre (3/4 centre) / Rafael Carballo (3/4 centre) / David Douy (3/4 centre) / Eric Espagno (3e ligne) / Eusebio Guinazu (Pilier) / Martin Jagr (3/4 aile) / Harold Karele (3e ligne) / Grégori Labadze (3e ligne) / Ludovic Loustau (Mêlée) / Sylvain Martin (Pilier) / Michel Perier (Pilier) / Chris Rossouw (Ouverture) / Louw Sarel (Pilier) / Nicolaas Smit (2e ligne) / Patrice Teisseire (Arrière) / Soané Toevalu (3e ligne) / Camille Traversa (Talonneur) / Grégory Tutard (3/4 aile). **TOULOUSE :** Yannick Bru (Talonneur) / Jean Bouilhou (3e ligne) / Vincent Clerc (3/4 aile) / Jean-Frédéric Dubois (Ouverture) / Jean-Baptiste Elissalde (Mêlée) / Florian Fritz (3/4 centre) / Xavier Garbajosa (3/4 aile) / Omar Hasan Jalil (Pilier) / Cédric Heymans (3/4 aile) / Yannick Jauzion (3/4 centre) / Virgile Lacombe (Talonneur) / Grégory Lamboley (3e ligne) / Finau Maka (3e ligne) / Isitolo Maka (3e ligne) / Grégory Menkarska (Pilier) / Frédéric Michalak (Ouverture) / Romain Millo-Chluski (2e ligne) / Fabien Pelous (2e ligne) / Clément Poitrenoud (Arrière) / Jean-Baptiste Poux (Pilier).

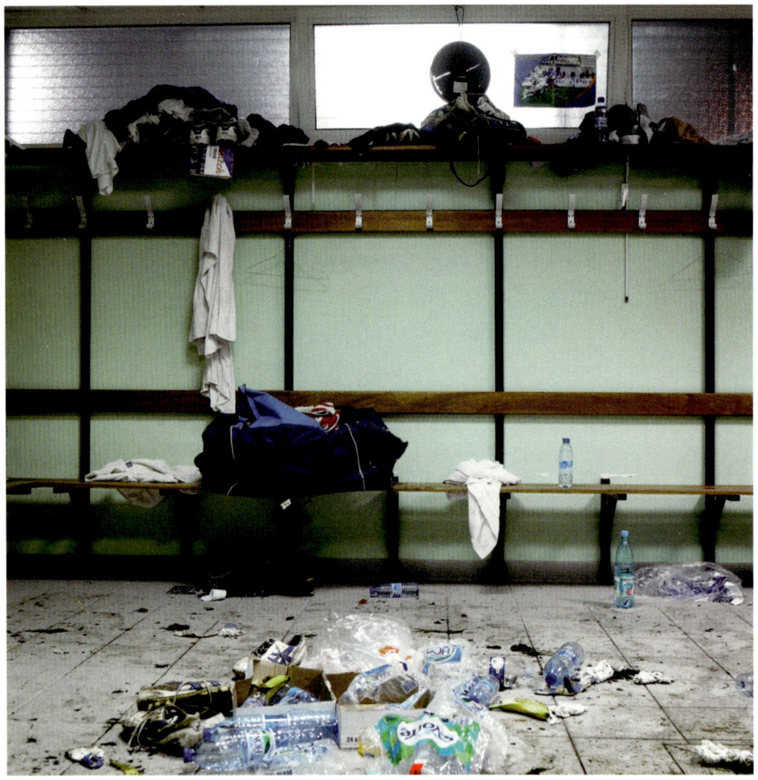

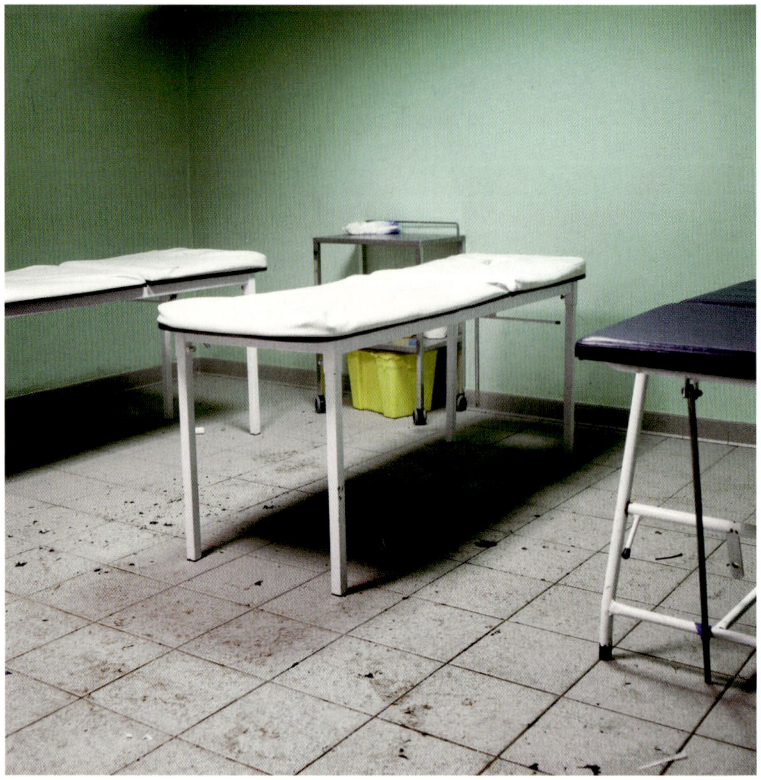

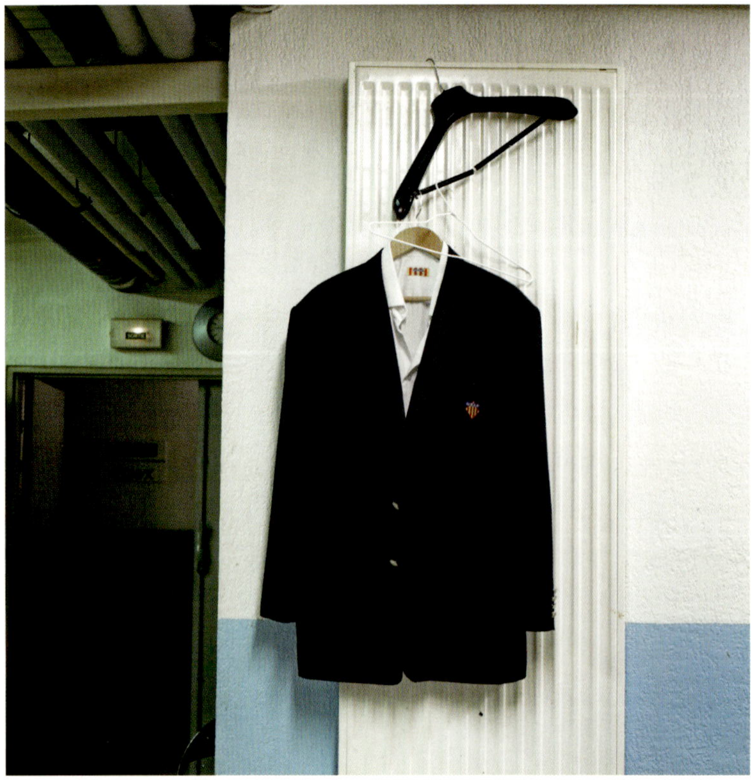

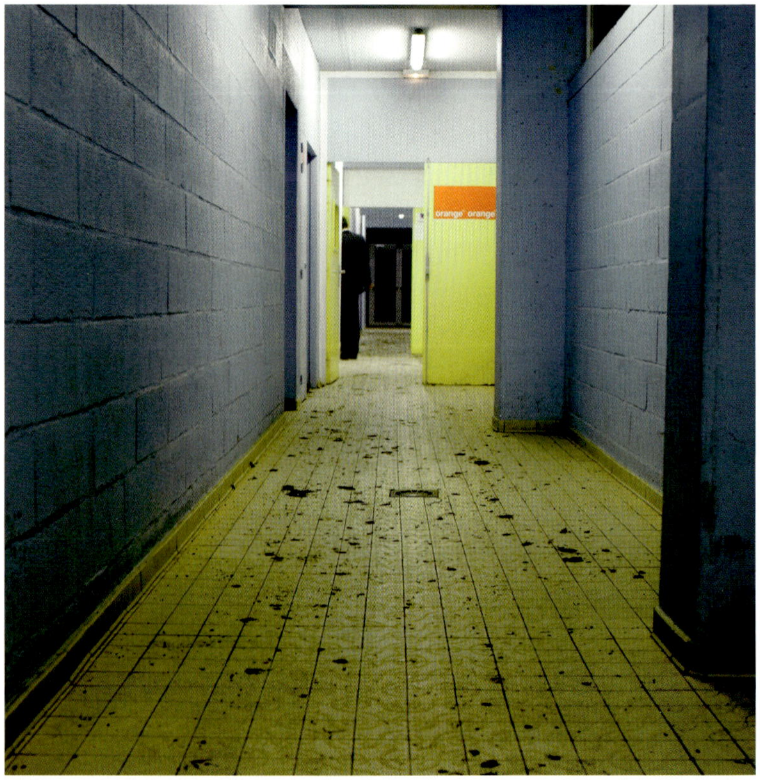
orange orange

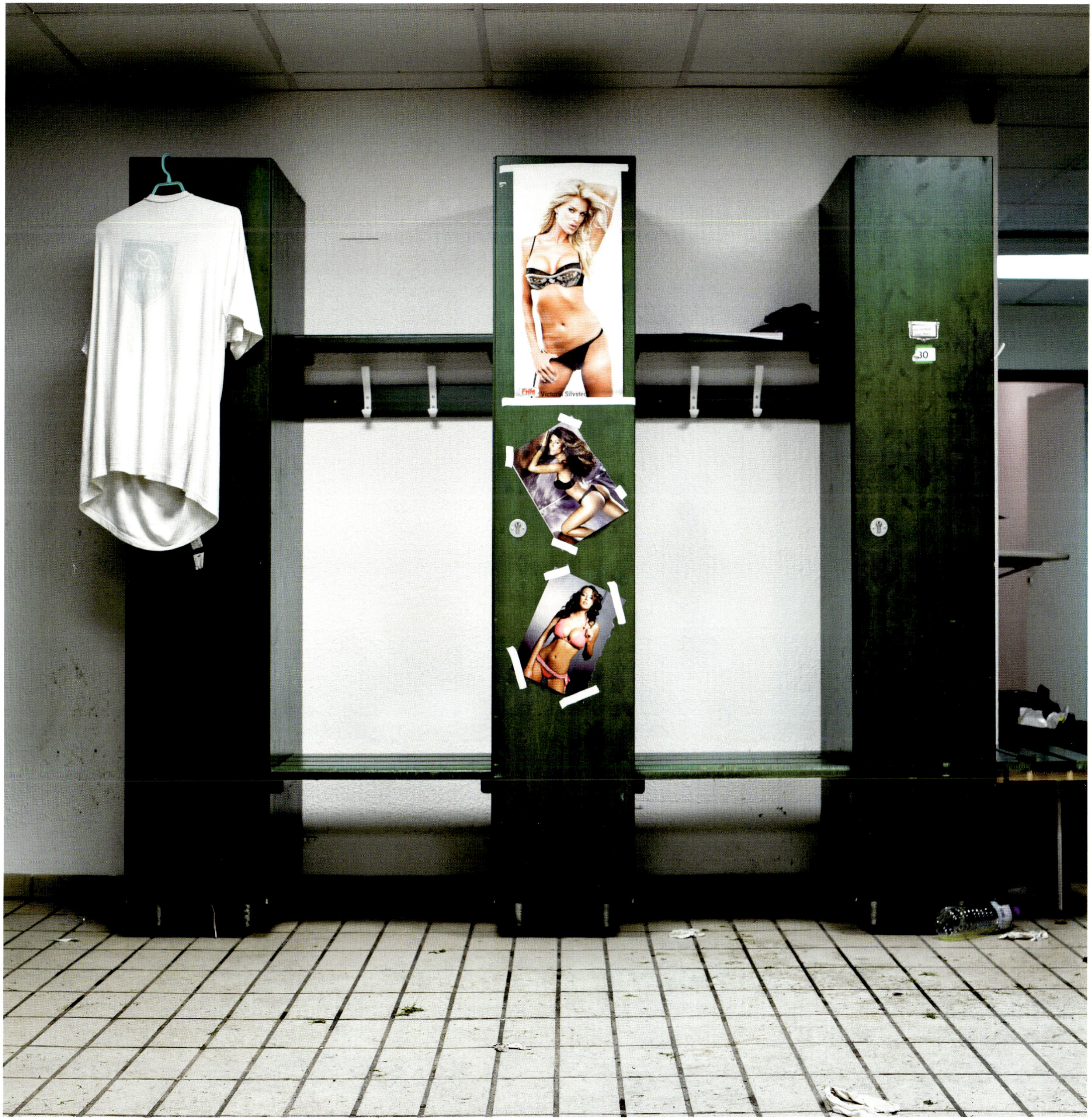

MERCI À Serge Blanco, Caroline Bocquet, Philippe Guillard **ET AUSSI :** François Aulas, Dominique Autrand, Pascal Aznar, Baptiste Le Beux, Cécile Cazenave, Arnaud Dagorne, Studio Dixx, Fany Dupechez, Emmanuel Eschalier, Eduardo Flores, Pierre Guillemain, Christian Kirk-Jensen, Nicolas Lavallée, Thomas Millet, Julien Paris, Jean-Marc Pastor, Thibault Stipal, Jean Denis Walter. **LES PRÉSIDENTS DES CLUBS :** Daniel Dubroca (Sporting Union Agen Lot-et-Garonne), Francis Salagoïty (Aviron Bayonnais Rugby Pro), Marcel Martin (Biarritz Olympique Pays Basque), Pierre Martinet (C.S. Bourgoin-Jallieu), Jean-Claude Penauille (C.A. Brive Corrèze Limousin), Pierre-Yves Revol (Castres Olympique), René Fontes (A.S.M. Clermont Auvergne), Thierry Perez (Montpellier Hérault Rugby Club), Gilbert Ysern (R.C. Narbonne Méditerranée), Max Guazzini (Stade Français Paris), Joachim Alvarez (Section Paloise), Marcel Dagrenat (Union Sportive Arlequins Perpignanais), Jean Bernal (Rugby Club Toulonnais), René Bouscatel (Stade Toulousain Rugby). **LES ENTRAÎNEURS DES CLUBS :** Christian Lanta, Christophe Deylaud, Régis Sonnes (Sporting Union Agen Lot et Garonne), Peyo Alvarez, Gilbert Doucet, Xavier Pemeja (Aviron Bayonnais Rugby Pro), Patrice Lagisquet, Jacques Delmas (Biarritz Olympique Pays Basque), Christophe Urios, Guy Tourlonias, Grant Doorey (C.S. Bourgoin Jallieu), Didier Faugeron, Laurent Rodriguez (C.A. Brive Corrèze Limousin), Laurent Seigne, Philippe Berot (Castres Olympique), Philippe Agostini, Jean-Pierre Laparra, Neil Mc Ilroy (A.S.M. Clermont Auvergne), Didier Nourault, Patrick Arlettaz, Didier Bes (Montpellier Hérault Rugby Club), Jean-François Beltran, Marc Delpoux, Jean Cazaute (R.C. Narbonne Méditerranée), Fabien Galthié, Fabrice Landreau, Steve Meehan (Stade Français Paris), Thierry Mentières, Yannick Vignette (Section Paloise), Philippe Boher, Philippe Ducousso (Union Sportive Arlequins Perpignanais), Alain Teixidor, Olivier Beaudon (Rugby Club Toulonnais), Guy Novès, Serge Laïrle, Philippe Rougé-Thomas (Stade Toulousain Rugby).

Photogravure : IGS-CP, L'Isle d'Espagnac
Achevé d'imprimer en septembre 2006
sur les presses de Pollina : n° L41322.
ISBN : 2-7324-3530-9
Dépôt légal : Novembre 2006
Imprimé en France.